自殺12章

[早坂 類]

窓社

[目次]

［ブックデザイン］……………………義江邦夫（タイプフェイス）
［カバー写真］……………………野坂実生

自殺……12章……

1章……………僕と君と誰かの詩

二〇〇四年、秋。若い男女七人を乗せた品川ナンバーのワゴン車が東京駅からゆっくりと走り出した。

無言でハンドルを握る真理亜、三四歳。ルームミラーに目をやり、後部座席で硬い表情をしている少女に微笑みかける。それは三四歳という年齢にしてはひどく幼い笑顔である。

真理亜の微笑みに救われたように軽く頷く少女、加奈、二〇歳。彼女は自分たちを乗せた車の前方からやって来るものを見落とすまいと進行方向をみつめる。

加奈の隣では二六歳のマコトがうつむき、目を閉じている。マコトをはさみ、反対の座席では三三歳の瑞枝が、七人の中で最も落ち着いた様子で後ろへ後ろへと飛び去ってゆく景色を眺めている。最後部座席にはさらに三人。シンジ、テツヤ、トオル、皆、揃って二〇歳になったばかりの、少年めいた青年たちである。


九月中旬、深夜、ネット上の掲示板にひとつのメッセージがアップされた。

〈練炭希望者、二名ほど募集します。実行メンバー三人ほど決まっています。東京駅に集まって目的地に出発する予定です。連絡をくれる人は家族にメールを見られないように気をつけてください〉

深夜、パソコン画面を長い間ぼんやりとみつめていたひとりの少女が、掲示板の呼びかけ人宛に、おずおずとメールを書き始める。

〈参加希望します。加奈といいます。二〇歳です。九州からですが、いい

ですか？〉

返事はすぐに返ってきた。

〈大丈夫ですよ。一〇月四日朝一〇時、東京駅集合です。実行場所は前日に教えます。当日、練炭やレンタカー等の費用を割り勘する事になっているので二万円ほど必要です。睡眠薬は各自持ってきてもらう予定です。日程は合いますか？　家を出るときにＰＣ上の打ち合わせメールはすべて削除しておいてくださいね〉

加奈もすぐに返事を返す。

〈わかりました。実行日が近くなったらまた、ご連絡します〉


「この子、来るかな」

深夜、関東のマンションの一室で真理亜がミツルに言う。

ミツル、一七歳、ここしばらく真理亜の部屋で生活している居候である。

「さあ、来なかったら置いていけばいいじゃん？」

「ぼくんちへおいで、加奈、加奈」

無茶苦茶なメロディーをくちずさみながらPC上の掲示板を見つめ続ける真理亜の目が疲れで赤い。

再びメールの着信音が鳴る。

〈はじめまして、掲示板見ました。死にたいです。目的地は何処ですか〉

真理亜が素早く返信する。

〈集合場所は都内です。目的地はまだお知らせできません。ごめんなさい〉

〈どんな事情のメンバーになってますか〉

〈どんな事情か、みんな知らないです。私も話しません。あなたも話す必要はないですよ。集合は一〇月四日朝一〇時です。日程は合いますか？〉

相手からの返信はそこで途切れた。

「冷やかしかな」

真理亜とミツルの間に短く無言の時間が流れる。

しかし二人の間に重苦しさはない。

ただ澄んだ水の入ったグラスとガラスのテーブルが置かれているだけである。

「あのさ、ミツルは連れて行かないから」

真理亜がピルケースから白い錠剤を取り出しながら言った。

ミツルが不思議そうな顔をする。

「ミツルと一緒に死ぬつもりはないんだ」

「今、何を飲んだの」

「ただのクスリ。大丈夫、こんなところで死んだりしないよ」

真理亜の細い手がグラスに伸びる。

「僕は勝手にやる」

「そう。じゃ、ぼくはいつか死ぬ君のために子守歌を歌おう」

ミツルが微笑して尋ねる。

「ねぇ。真理亜はどうして時々、自分をぼくって呼ぶんだ？」

「ああそれ、よく聞かれる。でもいつもうまく言えないんだ」

真理亜が面倒くさそうにグラスを置き、少し首をかしげた。

「きっとさ、ぼくの中に透明な子がひとり住んでて、そいつの方が生身の自分より自分らしいって、ぼくは感じてるんじゃないかな。その子は男でも女でもないから〈私〉じゃしっくりこないんだ。多分ね。でもあんまり確信はない」

「なんか、人ごとみたいだ」

「ミツル、自分のことってわかる？　ぼくはぜんぜんわかんないの。ほんと、自分でもよくわかんないな。考えると疲れるし、面倒くさい」

再びメールの着信音が鳴った。

真理亜がメールを開く。

〈掲示板見ました。助けてください〉

どこか見知らぬ場所から発信された信号を受け止めながら真理亜がつぶやく。

「ミツル、生まれ変わったら何になりたい？」

「線路の敷石」

「ぼくは生まれ変わらない」

前日、台風が関東を通過した。

東京駅を出発したワゴン車は、都内を抜けようとしている。

洗われつくし、光り輝きながら揺れる一〇月の街路樹、ビル群、まだ湿り気の残る街が背後に飛び去ってゆく。タイヤはまるで冒険の始まりに身を弾ませる子どものように七人を揺らす。

七人の中にミツルの姿はない。

九月下旬、埼玉県の静かな雑木林に置かれたレンタカーの中から三体の亡骸が発見された。

練炭と睡眠薬での集団自殺であった。

その中にミツルもいた。

ふたりの女子高校生の呼びかけにミツルはあっけなく乗ったのだった。


〈真理亜、ごめん、先に行っちゃうよ〉

それは小さなニュースになり新聞の片隅で報じられた。

その夜、真理亜は膝を抱き、一晩中、闇の中で子守歌を歌った。

歌いやめるとどこからか幻聴がやってきて真理亜の頭の中で反響する。

〈僕は、君を助けたかったんだ〉

幻の声が真理亜の頭の中でそう囁く。それはミツルの声のようでもあり、真理亜自身の声のようでもある。

馬鹿じゃないの。

真理亜は何者かわからない者に怒り、声をあげる。

「君はまんまと君を救い出した。ぼくはただぼくを救い出そうとしてるだけだ。君の死はぼくの死とは何の関係もない。安心しなさい」

そう言い切った真理亜に幻の声はさらに問いかける。

〈それは一体、何からの救いなんだ？〉


「真理亜さん、実行場所までどれくらいかかるんですか？」

目を閉じて座っていたマコトがふと顔を上げ、運転席の真理亜の肩越しに静かに問いかけた。

進行方向を遠くみつめながら真理亜が答える。

「下見をした日は四時間とちょっとだった。でも、今日は道の混み具合にもよるからわからないな」

　真理亜がルームミラー越しにそれぞれの顔を見渡す。

「みんな、どこか見ておきたいところ、ある？」

　皆、無言である。

　最後部席に座っている三人の少年は、気圧されたように揃って一言も語らない。

　真理亜はまるで三つに分裂したミツルの分身を運んでいるようだと感じる。

「ねぇ」

　真理亜が言う。

「このメンバー、今日限りの短い間だけど、お互い、最期のファミリーだよね？」

　ファミリーという響きに加奈が軽く目を見開き、マコトがうしろの三人を振り向いた。

「言いたいことは言っていいんだから」

最後部席に座っている三人がようやくそれぞれに低く返事をした。

「途中で気が変わったらそう言ってもいいし、みんな自発的にここに来たんだから、もし、気が変わったらいつでも自分から車を降りて下さい。近くの駅まで送るよ。そしてまたこれまで通りに人生を生きて行く姿を、空の上から応援します」

真理亜がそう言うと、それまで無表情に飛び去る風景を眺めていた瑞枝が泣き始めた。

横に座っているマコトがポケットからハンカチを差し出す。

それは母親の仕事であろうか、きれいにたたまれ、丁寧にアイロンがかけられていた。

ありがとうと、瑞枝がそれを受け取り、皆、マコトと瑞枝とハンカチの動きをぼんやりと見つめている。

真理亜が続けた。

「どっちにしても最期まで全員面倒見るってことです。何があっても最期まで一緒。必ず面倒見る。だから言いたいことは我慢しないで言う。O

K？」

「大丈夫です真理亜さん、わたしは少し緊張してるだけ」

「僕もそうです」

加奈がそう言いテツヤがあわてて付け足す。

「大丈夫なので寄り道はしないで直行して下さい」

最後部席の真ん中に座っていたトオルが言う。

彼らの言葉を受けて真理亜が微笑した。

「了解。じゃ、このまま最終目的地まで突っ走ります。もう携帯は使わないで。電源は切っておいてね」

真理亜はハンドルを握りながら、自分がさっきうっかり吐いたファミリーという言葉に内心、微かにひっかかっていた。

日曜日の整備しつくされた公園の隅でおとなしく草を食む羊のような、あるいは血抜きされた兎のような、そんな空しいものを連想させるファミリーという響きになじめず、今迄どこかで聞くたびに吐きたくなった。

けれど、今ここに集まったメンバーは、人生の最期を共にする特別なフアミリーだと、真理亜は思いたがっている。

同時に、自らのそんな想いを煩わしくも感じている。

真理亜は内心の奇妙なブレを振り払うようにスピードを上げた。

カーナビにセッティングしてある行き先は、ミツルが女子高校生と三人で命を絶った場所であった。


「死んでくるよと言って出てきたんだ」と、ミツルは笑って話した。

数カ月前、ネットの海をひとり漂っていたミツルは〈自殺掲示板〉から派生したチャットルームで真理亜と出会い、神戸の家を飛び出してきた。

「僕は真理亜に会いに来たって言うより、何処か遠くにいる自分に会いに出てきた気がする」

真理亜はそんな一七歳年下のミツルをすんなり自分の部屋へ受け入れ、生活の面倒を見はじめていた。

「自分を確認しに来たってわけね」

「うん、そうしたら遠くにいる自分が真理亜の姿をしてたんだよ、不思議だよね」

「そうか、ぼくたちは双子だったんだ」

真顔で話すミツルを茶化して笑いながら真理亜は、ミツルの言葉の隙間から冷えきった悲しみが自分の方へ吹雪いてくるのを感じた。そして世間の暴力的な無関心から庇い合おうと決めた。

どこかしら玩具めいた〈死〉という透明な盾で互いを外界から遮断し、そこに出来上がった小さな安全地帯で無心に遊び続ける。そんないびつな方法ではあったけれど。

ミツルとの時間は真理亜の最後の、ささやかな砦であった。〈だってぼくたちはそれ以外に生きる術を知らなかったのだ〉と、真理亜は思う。死を盾に、死を夢見ることによって、より深く生き、より愛し得るということもある。

そしてその盾は決して軽い玩具ではないことを、ミツルも真理亜もよく解っていた。

やがて九月、ミツルの現実の死によって、真理亜の決意は確実に固まった。

でもさ、と、真理亜はこの期に及んでまた別の、あるひとつのことを思う。

もしかしたらぼくたちは許し足りなかったのじゃないかなミツル。ぼくたちの魂の器は小さすぎて、許してあげなければならない人を許せないいま、ここに来てしまったんじゃないだろうか、と。

真理亜はところどころ記憶に瑕のある過去を道の先に見ようと目をこらす。そして慣れ親しんだ無力感に襲われる。

翻弄されたのはどちらだったのか。

事の源は真理亜の存在の危うさと美しさと誘惑のせいであり、とても抗えるものではなかったと〈彼〉は信じている。

真理亜の身体と精神は〈彼〉によって長年にわたり引き裂かれ続けてきた。

そして真理亜は〈彼〉を拒絶することに、寂しさと罪悪感を抱いていた。

〈彼〉とは、真理亜の実の父親であり、真理亜によって欲望を満たし続けていたひとりの男である。

彼女が常に押し付けられていた罪悪感は、自分を育て保護してくれる者に対し、できうる限り従順でありたいと願う、子どもらしい欲求と同じものであった。

愛されようとして真理亜が〈彼〉に見せた媚態は、真の情愛に欠けた親の下で生き延びるため、彼女がようやく身に着けた切ない術でもあった。

真理亜は寂しかったのではなく、恐ろしかったのだ。

けれど彼女は、成長した後もそのことへの自覚が持てない。

自分が本当は何を感じているのか、理解できない。

ある夜、〈彼〉が真理亜の部屋から立ち去った後、突如真理亜の背後、数メートルのあたりから野太い声が響いた。

〈醜悪さから遠く逃れようとして起す死へのアクションは、ある意味、アートだよ真理亜!〉

その重くドライな声は、真理亜を激しくそそのかすように響いた。

それは真理亜自身の声によく似た、けれど完全に誰か別の人間の声であった。

真理亜は、自らの奥から不意に現れた声に驚き、しかし秘かに歓迎した。闇の中で真理亜は繰り返してみる。〈醜悪さから遠く逃れようとして起す死へのアクションは、ある意味、アートだ！〉声に出してそう言ってみると胸底に力がみなぎり、何か自由になった気がした。枕を抱いてベッドの上で独り、くすくすと笑った。その声は〈彼〉に対する殺意の証であった。それは微かな解放であった。けれど、それはもしや〈彼〉の精神の奥に〈彼〉自身にも気づかれずに潜んでいた殺意か失意か絶望のようなものが真理亜の内に流れこみ、彼女の言葉となって不意に顕現したのではなかっただろうか。そうならば〈彼〉は真理亜に死を注ぎ込んだのだ。

死の匂い、魂の底深いところから沸き上がってくる、どこか曖昧な殺意の存在に気づきながらも、真理亜はずるずると〈彼〉を受け入れ続けてきた。その、長年にわたる自らへの裏切り行為によって、真理亜の精神は激しい混乱をきたした。

真理亜は、〈彼〉を殺めることもせず、自分が今日この日まで生き抜いて来たことを不思議にさえ思う。常にまつわりつく仄暗く醜悪なものから身を引き剥がすことができないまま、情けなく生きてきてしまったとも思う。

傷は深く、心ある友人でさえ、真理亜の魂の傷と飢えと混乱の前では無力でありすぎた。

思えばミツルにも何か、そんなふうに背負わされてしまったどうしようもない事情があったかもしれないのだった。彼の家のことも彼の傷のことも、深く問いかけたことがなかったと真理亜は気づく。問い掛けることはできなかった。問われて本当のことを言える人間は、それだけで十分に幸福なはずだということを、真理亜は身をもって知っていたから。

ハンドルを握り、今、縁もゆかりもないはずの命をミツルと同じ方角へと運んでゆきながら、もし自分がもう少し寛大で賢かったならば、〈彼〉の行為を許せたのではないかと、またしても真理亜は考え始めている。

彼女に常にそう後悔させてしまうほど、世界は真理亜に強い続けていた。醜悪さを、黙って、許容することを。

ここはなんて清潔な空間だろうと真理亜は思う。

七人の人生最後のドライブは続いている。それぞれの事情など、互いに語らぬまま。

瑞枝がいまだ静かに泣き続け、加奈は少し眉間にしわを寄せて前方をみつめ、マコトが瑞枝の背をやさしく撫でている。

立ち寄ったホームセンターで、睡眠薬を飲み下すための飲み物とブルーシート、酒、ガムテープ、ロープ、練炭と七輪のセット等が揃った。

車は静かな田舎道をさらに奥へと進む。

周囲はのどかな風景が延々と続く。

最後部シートに肩を寄せた三人はまだしんと冷たい練炭を抱えて居眠りを始めた。

「うしろの三人、もう睡眠薬、飲んじゃったのかな」

真理亜が言う。

「生きてる？」

泣いていた瑞枝が振り向いて彼らに言う。

「コーラ飲みてぇ」

目を開いた瞬間にトオルが叫んだ。

虚を衝かれて全員が笑った。

その一瞬、この全員が世界から消えてなくなるのだということを、真理亜はようやく実感した。

ミツルと女子高生が死んでいった場所への分かれ道で、真理亜は逆方向にハンドルを切る。

「そろそろです」

真理亜が言う。


車が止まったのは小高い場所にある公園の、展望台近くの駐車場であった。

すっかり日が暮れ、眼下に夜景が見事に広がっている。

冷えた夜気が肌をさす中、全員が一旦、車から降り、それぞれの距離を取り戻すように周囲にゆるく散らばってゆく。

「昔、家族で来たことあるよ、ここ」

瑞枝が薄暗い周囲を見回しながら言う。

「私も」

ミツルの死に場所をひとりでそっと確認に行った真理亜も、その帰りにここで夜景を見たのである。

「なんか、懐かしい匂いがしますね」

加奈があたりの空気を胸に吸い込みながら清々しい口調で言う。

けれど誰も彼女の言う懐かしさを共有できてはいない。

「みんな、トイレはあそこだから、実行前に行っておいて」

真理亜はレンタカーの中をなるべく汚すまいと思う。

真理亜の声をよそに、シンジとテツヤが早々とビールのプルリングを抜き、互いに飲ませ合いはじめた。

二人の喉の奥から興奮気味の、ひきつったような高い笑いが起きる。

二人の興奮気味の笑いが徐々に皆に伝染する。

夜の中の最後のピクニックに、皆が参加しはじめた。

酒の肴はそれぞれが持参した睡眠薬である。

「急に飲んじゃ駄目だよ、吐くから。ゆっくり」

真理亜が言う。

やがてトオルが車のドアを開け、四セットの練炭と七輪を車から運び出し、火をつけ始めた。

「火をつけるの、上手いね」

真理亜がトオルの手元をのぞき込む。

「サンマ焼きますか」

シンジが言う。

「いいねー。春にね。ここね、春は花見客でいっぱいなんだよ」

徐々に酔いの回ってきた瑞枝が周囲を見回しながら寂しげに笑った。

「生まれ変わったら、みんなで来よう」

瑞枝の言葉に真理亜が無言で笑う。

ミツルは生まれ変わったら線路の敷石になりたいと言った。

真理亜は生まれ変わりたくない。

皆から少し離れ、闇の中にトオルが携帯を握って立っている。

「携帯は使うなって」

シンジが強い口調で言った。

トオルが携帯をすいとポケットにしまう。

加奈の目はすでにうつろである。

「じゃあ、いきましょうか」

マコトが思い切ったように立ち上がった。

「これ、後部座席の後ろ、荷台に置いて」

真理亜に言われ、テツヤ、シンジ、トオルが七輪をひとつずつ持ち、荷台に置く。残りのひとつは助手席に置かれた。

最後に皆の手によって車の周囲がブルーシートですっぽりと覆われ、ルームランプの明かりの中、窓にガムテープで目張りされてゆく。

静かな作業が黙々と続く。

最後に真理亜がロープを取り出す。

「無意識にドアを開けてしまうことがあるから、ドアにロープをかけます。不安な人はこれで手首を縛って」

左右のドアにロープを結んで渡し、途中で皆、自分の手首にそれを括り付けた。

真理亜の手によってルームランプが消される。

闇が現れた。

ブルーシートに覆われ、ぼんやりと青みがかった闇である。

その闇の中で瑞枝が静かに言う。

「宇宙の闇ってさ、黒じゃないんだって、青がいっぱい集まって黒く見えてるんだって」

「それって群青っていうんですかね……」

テツヤが酩酊しはじめた声で応えた。

練炭は静かに燃え続ける。

車内の温度が次第に上昇してゆき、やがて暗闇の中に寝息が響き始める。

「おやすみなさい、今までありがとう」

真理亜が細い声で言った。

それはもう誰の耳にも届かない。

無音の時が来た。

[都会]
2章……selfish

生きていることが特別つらいっていうわけじゃない。死ぬ理由なんかひとつも無い。でも特別、生きてゆく理由があるっていうわけでもない。ただ、彼女となら死んでもいいような気が、時々、していた。

＊

「セルフィッシュの解散ライブの日が決まったんだって」

麻季の声は低く柔らかい。

「十三日、代々木体育館。夕子、当然行くよね」

夕子がしばし考える。

「学校は？」

「そんなの体調が悪いって言えばいい」

福岡市内にある高校に通う麻季と、中心部から外れた場所にある高校に通う夕子がはじめて言葉を交わしたのはアニメーション部の校外交流会。それは過去、東京の片隅で密やかに始まり、やがて五十万人を集める巨大なイベントへと成長していったコミックマーケットの地方零細版といった趣の会であり、自作のイラストや同人誌を互いに見せ合い、時に売り、好みのアニメーションや漫画について語り合う場である。そこでの小さな出会いがやがてメジャーな舞台へと、まだ幼いアーティスト達を押し上げることもある。

その日、細い運命の糸を求めてやって来た男女四十名ほどの軽い自己紹介が終わり、思い思いの会話が始まった時、夕子は、大人びて仄暗く妖しい顔立ちの麻季をぼんやりと遠く目で追った。受け付けと進行を淡々とこなし、メンバー達に手作りの名札を配り、自作の個人誌を手に初対面のメンバーに自然体で話しかけている麻季にはあちこちから声がかかる。しかし人見知りする夕子は初めての慣れない雰囲気に気後れし、その上話しかけてみたい相手は彼女ひとりしか見当たらない。もともと人付き合いが下手でイラストを描く事に救われているのだ、こんなところにふらふら来るんじゃなかった、そう思い始めたとき、夕子の前を麻季がふわりと通りかかった。

「ロリータレンピカ?」

麻季がなにか呪文をつぶやき、見えない透明な糸を身体に絡ませ立ち止まった。思いがけない獲物を拾ったという眼差しである。

夕子も麻季の顔をようやく間近に見た。

「私達、同じ香りを使ってる」

麻季にそう言われてはじめて、夕子はふたりの身体から同じ香りがしていることに気づく。

戸惑ったように頷いた。

「やっぱり。私、アニックメナルドの香水をみんな持ってるんだ」

そう悪戯っぽく微笑んだ麻季の言葉を夕子はうまく理解できず、軽く首を傾げた。

「あれ、きみ、作者を知らない人か。ロリータ・レンピカを世に送り出したアニックメナルドは新進の女性調香師で、調香界の革命児なの。ロリータは彼女の代表作で、実は香りが苦手な私がはじめて買う気になったパヒュームだった。残念ながらロリータは私よりきみの方がはるかに似合ってるけど」

静かで抑揚のない言葉が麻季の口元からさらさらさらとこぼれ出てくる。

入り口で夕子に手渡した名札を麻季が覗き込んだ。

「斉藤夕子っていうのか。あなたカワイイ」

運命の細い指が夕子の頬にさらりと触れた。

「じゃあ夕子の分も新幹線予約しておくね」

麻季はあの日から香りを同じ、アニック・メナルド作のヒプノティック・プアゾンに変え、夕子は相変わらずロリータを纏っている。

遠い国の革命児が生んだふたつの香りは彼女達を常に仄かな音楽のように、あるいは麻薬のように常に包んでいる。包まれてふたりは幸福である。

「東京、はじめてだけど」

「大丈夫。あちこち見学に行こう」

どちらもセルフィッシュの熱狂的なファンである。バンドが解散となれば駆け付けなければと思う。けれど本当を言えば有り余る感情の預け先がただ彼女達は必要なのである。何処かにせめて自分をおおらかに受け止めてくれる柔らかな世界があって欲しいという熱烈な希いはやがて信仰にかわる。

ライブ会場は少女達にとって桃源郷である。それは彼女達を魅了してやまないアニメーションの世界同様、この世から遥かに遠い夢の次元への戸口であり夢幻のしつらえであり、そこで背を押され、更なる夢の奥座敷へと少女達は常に夢ごと移動し続けている。香りに包まれて幸福であるように、ただ夢の中を生きている。それを夢中という。


当日、二人は東京行き新幹線に厳かに乗り込んだ。

二人、共に上京のことを誰にも話さなかった。

何故なら彼女たちの中にすでに予感が秘かに存在していたから。危うく妖しいものに抱きすくめられてしまうかもしれないという幽かな予感が。

それはくっきりとした輪郭を持つ現実的な予感ではなく、ぼんやりとした憧れに似た、仄かなインセスに似た予感である。

新幹線の背後へ背後へと故郷は次第に遠くなる。

東京駅についた頃、すでに薄い半月がビルの上に出ている。

夕暮れ、原宿駅から小さなリュックを背負った少女と旅行鞄を提げた少女がふたり代々木体育館に向かって早足に歩いてゆく。

体育館の前の広場には周囲を圧するほどの数のファンが列をなしている。

二人は会場手前の歩道橋から体育館全体を見渡し、これから始まる終焉イベントへの想いに陶然とし、歩道橋の片隅に座り込むと、ファストフードの袋を開く。

黙々と食べ、そして食べ終わる。

やがて開場時間が来る。

ライブが始まり、そして終わる。

少女二人、予約していたホテルへ手を繋いでたどり着くと、満足し、抱き合って眠り込む。

互いの体のやわらかさがここち良い。

「凄かった」

「終わったね。あっけなかったね」

二人ともに、夢に絡めとられて幸福である。


翌日、ロリータとプアゾンを仄かにひきずりながら二人が漠然と東京を漂ってゆく。

終焉を迎えたバンドへの愛と虚脱感とでふたりの身体はだるい。

新橋からゆりかもめに乗りこみ、コミックマーケットの聖地へ向かう。国際展示場正門で降り、今は縁遠い展示が繰り広げられている館内を避け、せめて周辺をくるりと歩き回り、更に疲れてゆりかもめの駅に戻る。駅のトイレですこし身繕いし、東京湾を一望できるゆりかもめの最前列の座席に陣取る。

しばらくは、昼の明るい景色に見とれ、やがて互いの肩を枕に眠り込む。平日である。東京湾内を往復する昼下がりの座席はまばらに埋まっている。

もとよりゆりかもめは無人運転の車両である。初めての遠い旅に疲れ果て、折り重なるように眠り込む少女達に誰ひとり声をかけない。監視カメラからも逃れ、静かに眠り込む二人の肩の向こうでゆっくりと太陽が沈んでゆく。

やがて遠く東京タワーがライトアップされ、レインボーブリッジ、大観覧車が巨大な肢体をあらわに輝き始め、臨海副都心全体が妖しく暗闇の中に浮かびあがってくる。

水際のビルの窓々は蛍光色のブルーと白熱色のオレンジ、思い思いの強さで輝き、闇に浮かぶ光のモザイクビルの裾は暗い海中に消えている。

その中をひたすらに往復するゆりかもめは無機質な静けさに満ちている。

静けさの中、ふと目を開いた夕子が目の前の光景を見る。

麻季も同様に顔を上げる。

右手前方に広がる臨海副都心、広大な光の海。

圧巻である。

その最中を運ばれているふたつの小さな命。

もしも仮に輝くこの一面の光のひと粒に匹敵するほどの何者かにいつか成り得たとして、果たしてそれが何だと言うのか。遠くからやって来た感性豊かな少女達はゆりかもめ先頭車両で無言のまま一瞬にして悟っている。

夜の海の囁く残酷な光の言の葉を。この先ささやかな人生の続きをいかに誠実に生きようがどんな人生もこの光の海に比べれば取るに足らない。そう光の海は歌っている。勝ち誇ったように。黒い歌を。

「光の結晶世界だ！」

麻季が静かに言う。

二人はしばらく静かな揺れに身を任せている。

このまま乗って行けばやがて現実へと二人を連れ戻す終着の新橋駅である。

そこにたどり着けばあとは懐かしい故郷をめざして帰るばかりだ。

しかし無言の妖しい光に説き伏せられたように、ふたりは新橋のひとつ手前でゆりかもめを降りた。

手を固く繋ぎ、汐留の駅を背に再び竹芝方面を目指し、途中で見定めたひとつのビルのエレベーターを最上階まで登り詰めると、非常口という文字の点灯している目の前の重い扉を開いた。

深夜の非常階段、手すりに寄りかかった二人に春の強い風が吹いてくる。

「見て、此処、凄いよ！」

東京湾を一望できる非常階段の踊り場で、プアゾンの名残りを風になびかせながら麻季がつぶやく。

「凄い！」

海風に香りをすっかり奪われ、夕子が圧し潰されたように頷く。

「東京って人を馬鹿にしてる」

「なんか、帰りたくないね」

「死んでもいい感じ」

言葉を探しながら、心の本当のところはなかなか言い表わせない。

「なんか、すごく疲れた」

「一体どれだけの人がこの光景を見ているんだろうか」

麻季がかすれた声で言う。

「さっき後ろに乗ってた人は何とも思っていないみたいだった」

ふたりがひとつずつ耳に突っ込んでいるイヤフォンからセルフィッシュの曲が細く漏れている。

ひとつの腕がひとつの肩を抱いた。

「私の人生もここで撤収したい」

「死ぬには素敵すぎる場所だ」

光に酔ったように互いに囁き合う。

「死ぬならみんなに何か書いておこうよ」

バッグに持って来ていたメモ帳に、ふたり交互に思いついた言葉を書き始める。

「書く事なんか別に無いけどさ」

頭を突き合わせ何ページにも渡り書き散らしてゆく。

死ぬ理由など何も無いと、ひとつの幼い手がさらさらと書く。

最後に〈撤収〉と書いてみる。

顔を見合わせ低く笑う。

「ほんとうに死ぬの」

「ほんとうに死ぬんだよ」

「此処、凄いね」

「凄い！」

そのとき大観覧車の光が静かに消えた。営業時間が終ったのだ。

深夜、東京港区、九階建てのマンションから二人の少女が絡まりながら飛び降りた。全身を強く打ち、発見後約一時間後に死亡が確認された。マンション非常階段の踊り場にリュックサックと手提げ鞄、そして二人交互に書き綴った数枚のメモが残されていた。しかし少女達の突然の自殺の真の動機には、未だ誰も届かない。

［都会］

2章……………selfish

043

［鬱］

3章……最後の一日

夜半に降り出した雨が雪に変わった。深夜、奈津子は眠れずにベッドから降り、闇の中を手探りする。低いテーブルの上に投げ出された紙袋には、二週間分の薬がぎっしりと詰まっている。錠剤を二粒取り出すと、グラスに水を注ごうとキッチンまでゆき、グラスにあふれる水をしばらく見ている。薬を喉の奥へ放り込む。足元が軽くふらつき、床がところどころ柔らかく沈み込むように感じる。古いマンションの床は、実際すこし浮き上がっているのだが、奈津子は自分の頭の中の三半規管が壊れてしまったのだと思う。年末に仕事を失って以来、誰にも会わないまま三ヵ月近くこの部屋で過ごしてきた。長いあいだ声を出す必要がなくなると、セールスの電話を断るほんの二、三分の会話でさえ声が枯れる。時折、「あ、あ、」と発声してみる。ひとりの声が虚しく響く。灰色の机の上でパソコンは静かに眠りこけている。インターネットのプロバイダ料を支払えなくなることを予想し、先回りして解約した。携帯電話は生かしてある。固いベッドで携帯電話をもて遊びながら、誰かに助けを求めるべきではないだろうかと思う。助けてと言うべきだ。助けて。けれど今、電話をかけても良いと思える相手を思いつかない。ふと一年前に別れた男に助けを求める自分の姿を思い、クスクスと笑い出す。殺しに来てと言い出しそうな気がする。どこにも繋がらない携帯電話を細い命綱のように握りしめたまま、部屋の中をゆるゆると移動する。

日々、自分の身体が衰えてゆくのを感じる。食べず、動かないでいるせいだという事は奈津子にも解っている。近くを流れる黒部川に自分を捨ててしまおうかとも思う。けれどただ眠れぬ夜の浅い夢の様にそう思い続けるだけで実行はしない。こんな夜の中でそんなことを考えるべきではない、自分はそんなに弱い人間ではないのだと思うはしから涙があふれる。つぎつぎに湧き出て止まらない。泣いていながら自分が何を悲しんでいるのか、うまく把握できない。仕事を失ったことか、失業保険でかろうじて命をつないでいることか、あるいは家族を持てずにこれまで生きてきたことか、そのどれもが涙のみなもとの様で、どれもが違うと感じる。

原因のわからない頭痛。いつまでもぐずぐずとベッドの上でのたうつ自分に苛立ち、内心、意地悪く自分を罵倒する。なんて弱い女。しかしいったいどう自分を立て直せば良いのか皆目見当がつかない。抗不安剤と抗鬱剤を同時に飲み、それが効いてくると、肉体と外界との隔たりがさらに大きくなったように感じる。今日の記憶はおそらく明日の朝にはうっすらと消えかかっているだろう。次の受診時には、少し薬が強すぎると医師に伝えようと思いながら、羊を数え、ようやく眠りにつく。

夢を見る。遠い遠い、子供の頃の夢である。奈津子は黒部川の河口あたり、細く白い砂の道をとぼとぼと歩いている。世界の中にひとり取り残され、鋭く尖ったまなざしで、見覚えのある風景の中をひたすら海辺の家へ向かって歩いている。けれどその先にあるはずの家がぽっかりと消えている。家のあるはずの場所をこえてどこまでも砂の道だけが長く延びており、砂の道は水の中へ消えている。ひどく不安だ。世界から取り残され、乾いた頬に涙を流しながら、〈誰か！〉と、細く高い声で叫ぶと、懐かしい中学時代の同級生があらわれ、奈津子の身体を軽々と抱えあげて河を渡ってくれた。河口の向こう岸に懐かしい家が見えた。さあ、もう大丈夫と、彼が言う。ああ、彼によって何かとてつもなく深い場所から救い上げられたと思い、幸福な気持ちで地面に立ったところで目覚めた。

ベッド脇の窓から覗く三月の空は晴れ、澄んでいる。

奈津子は夢がさめてしまった事の悲しみを感じる。

両親はとうに死んで、奈津子には帰るところが無い。

あの同級生は親友の恋人だった。

そして奈津子は未だに鋭く尖ったまなざしで、空腹の子供のように生きている。

空腹と不安感はよく似ている。

奈津子は不安をこらえて外へ出てゆく。食べる事に興味が失せかけてはいるけれど、飢えて死のうとは思わない。手持ちのサングラスの中から最も濃い色のものを選び出し、世界に蓋をして一番近い店まで歩いてゆく。

たどりつくと保存のきく冷凍物の棚を素早く一周し、一週間分の食料をカゴに入れ、ぼんやりとレジへ並ぶ。レジの順番を待つ時間が永遠のように感じる。

前に立ち塞がっている若い女の香りに目眩を起こしかける。有線放送から流れるラブソングは甘たるく耳にまつわりつき、にぎやかに走り回る子供を叱る大人がいないことに苛立ち、自分の身なりが以前の様に美しく整っていないことに劣等感を抱く。周囲の刺激に苛立つ自分の心の面倒臭さに天井を見上げ〈サ、イ、ア、ク〉とつぶやくと、そのつぶやきが前に並んだ女の耳に届いてしまう。

冷たい目がちらりと奈津子を見る。互いに目をそらす。

奈津子は白いビニール袋を下げ、ゆるい坂道をゆっくりとのぼる。もう少し体調が戻ったら、美容院に行って伸びすぎた髪をカットし、服も軽快に整え、仕事を探そう。使ってくれるところがあるだろうか。足元のアスファルトを見ながらそう思う。まだ恋だって出来るはず。そんな雑誌の見出しのようなことも思う。

道の脇の中学校のチャイムが鳴った。校門から生徒が一斉に放たれ、早足で飛び出してくる。その群れの中から男子生徒が三人、奈津子の後ろをぴったりとついて歩き始めた。奈津子は自分の手にしている袋から生理用品が少し顔をのぞかせているのに気づく。しまったと思う。フード付きのロングコートの裾に袋を隠す様に持ち直し、歩く速度を上げた奈津子を男子生徒が冷やかす。「オバサン、足太いよ」。まだ幼い声である。そういえばこの三ヶ月、ろくに食べていないというのに下半身が急にむくみはじめたのだった。薬のせいか、運動不足のせいか。女が美しくなくなったという事は、生存意義をほぼ失ったも同然だと感じる。足の運びを意識すると薬の副作用も相まって足がもつれる。少年の高笑いに思わず振り向いて睨みつけたものの、濃いサングラスに視線がさえぎられ届かない。

仕方なくポケットから携帯を取り出し、「あんたたち警察に通報するから」と叫ぶと、三人は蜘蛛の子を散らした様に一斉に逃げ出した。

部屋に戻り、静かに珈琲をいれる。キッチンに立ちながら、さっきの馬鹿馬鹿しい出来事をすこし愉快に思う。苦い笑いがクスクスこみ上げ、奈津子自身も少女時代、主婦めいた女が買い物袋を下げて歩く姿を小馬鹿にしていた時期があったことを思い出す。残酷な子供……。さて、その小馬鹿にしていた主婦めいた者になってしまった自分と、今、一体どう折り合いをつければ良いのだろうか。もう自分はとっくに少女ではなく、そして大人には成り損ねている。

春は近づき、近所の梅畑の梅は五分咲きである。奈津子はベッドの上で大きく伸びをする。部屋の隅にはゴミが溜まり、身体の奥底はこわばっている。けれど奈津子のことを気に留める者がこの世に誰もいないという事は、かえって気楽でもある。ああ、自由だ、そして寂しい。

夕暮れ、飲み過ぎた珈琲に神経がすこしたかぶり、奈津子はベッドから降りると近くを流れる黒部川の岸まで歩いた。大きなコンクリートブロックの上に座り、空と水を眺める。何処か久々に解放されている、と言うよりも、抗不安剤が世界を楽感的に見せてくれていると言った方が近い。三月の風は冷たいが、河辺の植物は小さな芽をつけている。抗鬱薬のせいで現実感は薄く、ぼんやりと黒部川の流れを見ているうちにうとうととし始める。やがて石の上に長々と身を横たえ、目を閉じ、夢を見はじめる。

奈津子はいつのまにか浅い水底から美しく青い空を見上げている。晴れ渡った空が、波打ったアクリル板に似た水面ごしにゆらゆらと揺れ、澄み渡っている。その圧倒的なブルーは深く深く、陽の光が水面に美しい綾を描き、もういっそ目覚めたくないと思う。けれどきっとまた現実に引き戻されるのだろう。

そう思ううち、完全に深く黒い眠りに落ちた。


翌早朝、河口で釣り糸を垂れようとしたひとりの男が、白い何かが河を流れてくるのを見つける。

白い何かしらはゆるく沈み、また浮かび上がる。

水に弄ばれ、遊ぶ様に半回転する。

男は白い何かにからみついた長い黒髪を見て後ずさり、走り出した。

黒部川の流れはゆるゆると奈津子を運んでゆく。

やがて海も近い。

[鬱]

3章……………最後の一日

［ひきこもり］

4章　まだ明るいうちに

十七歳の誕生日、一輝はひとり、校舎の屋上のフェンスにもたれて風に吹かれていた。

風がはるかうしろから吹いて来て一輝の髪を撫で、まなざしの先へ消えてゆく。

まなざしの先にグラウンドがあり、その先に海がある。広い海に巨大な陽が沈みかけている。

逆光の友人達は皆、グラウンドに丸く描かれた白線に沿って走っている。

何故あのように楽しそうに、あらかじめ引かれた線に沿って走れるのか、一輝にはわからない。

一輝の身体はいつも少しだるく、走るとすぐに息が切れてしまうのだ。

世界への従順さと体力には関係があるのだろうか。

仮に一輝に白線に沿って走れるほどの体力があったとしたら、自分も彼らと同じように走るだろうか。

そんなことを考えながらいつのまにか一輝はフェンスを乗り越え、風に吹かれている。

屋上の端から足をぶらぶらさせている一輝に気づく者は誰もいない。

水平線が美しく目にまぶしい。

ここからこぼれ落ちてしまえばくだらない想いを一瞬で終わらせることが出来る、そうできたら楽だろうに。

一輝は制服のポケットに静かに手を入れ、携帯を取り出すと片手でパチンと開いた。

少し迷い、担任の携帯番号をリストから冷静に探し出す。

「先生。僕、自分に殺されそうなんです」


あれから三年の年月が経った。

一輝はあの十七歳の誕生日以来、学校へ登校することをやめてしまった。

いわゆる、ひきこもりとなったのである。

あの日、携帯からの一輝の呼びかけに担任は誠心誠意、応えてくれた。

それで一輝は今日、生きている。

しかし担任の想いは一輝の病の奥底へまでは届かなかった。

一輝は自分自身をコントロールできないことを担任に申し訳なく思う。

ひきこもる直前、勉強もそこそこ出来、友人も少なくない一輝をうらやんだらしい一部の生徒が、鬱憤を晴らすように一輝を執拗に追い回すという事件もあった。

それが引きこもりのきっかけになったと両親は信じているようである。

しかし一輝自身にはそれが全てだとは思っていない。

ただひたすらに世の中が面倒くさくなったのである。

時折、理由も無くふいっと消えてなくなりたくなるのは子供の頃から変わりがない。

その衝動がいったいどこから来るのか、一輝自身にもわからない。

十七歳の誕生日が過ぎ、十八歳になり、十九歳になり、誕生日のたびに死のうと思い、けれど死なないできた。

数日後に二十歳の誕生日を控えている。

三年の人生のブランクは、一輝にとって長い長いトンネルの中の三年間であった。

これ以上、無駄に生きて両親の世話になることが許されるだろうか。

両親は必ず許してしまう、一輝にはそんな確信がある。

ため息をつき、目を閉じ、部屋の隅で深く深く膝を抱え込む。

そう、彼らは必ず息子を許すだろう。


子供の頃に百日咳を患い、チアノーゼで病院に担ぎ込まれたことがあると何度か母親に聞かされた。

無事に回復したが、心も身体も人よりも過敏なのは、子供の頃の病から来ているのだと一輝は感じている。

外出することが無くなって三年目に入り、両親はいっそう思いやり深く、一輝のひきこもりに寛容になってきた。

まるで一輝という存在に脅えているように優しい。

それに甘えるように引きこもり続けている自分がいる。

何故ひきこもるのかと問われても答えられない。

生きていることが病なのだと言うしかない。

自分自身に吐き気がする。

どうしようもならない自分の存在がひどくやっかいだ。


一輝は父親と話をすると、父親の内心の焦りが自分の中に伝染するように感じる。

それは父親が、一輝の将来に対して抱いている不安を押し隠し、一般論をくりひろげてしまう時に特にそうなのだ。

父親が昔から議論好きで、しかもとりとめなく脱線してゆきがちなのを、一輝は不思議に思っていた。

けれどこの三年間、父親の一見理論的な、しかし遠まわしの一般論を受け止めつづけているうち、父親でさえこの世の狭い規範に囚われた小さな感情的な人間なのだという当たり前のことに気づくのだった。

以来、一輝はなるべく父親と議論をしない。

それは一輝の心を父親の内心の混乱に乗っ取られないようにするためでもあり、また、これ以上父親を自分のことで悲しませたくないという、一輝の後ろ向きの優しさからでもあった。

一輝は時折思う。

そもそも人と同じように学校へ行けないことが、何故こんなにも大きな問題になるのだろう。

何故自分が学校へ行けないという、ただそれだけのことに、家族も自分もこんなに滑稽なほど困ってしまうのか。

学校へ行くか行かないか、そんなことの一体どこが重要なのだろう。

人生の選択肢があまりに貧弱すぎる。

こんな狭い世界で、安易に何者かになり果ててしまいたくないという想いが常に一輝にはある。

とは言え、そんなことを一輝が声高に主張すれば、負け犬の遠吠えにしか聞こえないだろうということも、一輝にはわかっている。


引きこもってしまった一輝の存在によって、家族が日々、緊張状態にあるというわけではない。

表向きは何事も無かったように振る舞って過ごしているのである。

お笑い番組を眺めながら冗談も言う。

それが平和というものだと、この世界の誰もが信じているようだから一輝もそのように演じるのだ。

何故、と、考えてはいけないらしい。

考え始めるとそこには深く暗い穴が開いており、突き詰めれば誰もが戻れなくなる。

誰もが、ふと、どこかで道を間違えたと気づいたとしても、もう元へは戻れないほどに世界は間違いに沿って整備されているのだから、と、十九歳の一輝は思う。

薄笑いを浮かべて、自嘲気味に膝を抱える。

僕という存在は、この奇妙な世界が作り上げたモンスターだ。

さあ、次の誕生日こそは静かに死んでしまおうと、毎朝一輝は決心し続けてきた。

それが自分の心に正直な、まっとうなやり方だ。

この不自然な世界に沿って生きることなどしなくてもいい。

別のやり方で自分の命をもてなそう。

そのくらいの自由は自分にも残されているはずだ。

まだ、この不自然な世界を不自然だと感じることができるうちに。

まだ、明るいうちに。

〈君は不登校という形で社会の病を体現しているのだ〉と言ってくれた大

人がいた。

　この社会の不自然さを、無垢な子供以外はもう本当には実感できなくなっているのだと。

　それはインターネットの中の名前も知らない大人の囁きではあったけれど、一輝もその考えに救われたように思った。

　ひきこもり当初は大声で不自由さと不安感について叫び出しそうだった一輝も、やがてそれはとうてい無駄なことなのだと思い知り、あきらめ、おとなしく黙り込むしかなかったのだから。

　声高に何かを主張する知恵を持っていないわけではない。

　この日本で、毎年、三万人の人間が自ら命を絶っていることを、一輝は知っている。

　それはこの国全体が、見えない透明な大災害に毎年毎年もれなく襲われ続けているような数だ。

　きっとそれは、この世界のどこかが狂っているからに違いないと一輝は思う。

けれどそれがどこなのか、何か手立てがあるのかないのか、十九歳の一輝にはわからない。

家族の中でさえひとり、孤立して生きている一輝である。

どこか見えないところでいつのまにか死んでいった三万人を想い、自らが三万人の仲間入りをしてしまうかもしれないことを切なく思い続け、ただ膝を抱えてうつむいている。

そのようにして出口の見出せない、長い長い迷いの日々が過ぎた。


その日、二十歳の誕生日、十一月の寒い夜。

とうとう一輝は父親の好きなテレビ番組の録画予約をし、風のように家をあとにした。

今回ばかりは家に帰らないと思い決めて。

何故なら今日、自分はまぎれもなく成人したのだから。

出掛けにしたためた遺書にはひとりの大人として「墓はいらない」と書いた。

骨もすべて消去してほしい。

それから、迷い込んできた動物には優しくしてやってほしい、とも。

命をいとおしんでほしい。

何故そんなことをふと書き足す気になったのか、一輝は遠い昔に飼っていた一匹の柴犬のことを思う。

あいつも死んでいった。

可愛かった。

命は儚い。

夜道ですれ違う人間たちが幽霊のように一輝の目に映る。

僕はあなたたちのような大人にはならないんだ。

生来の潔癖さに背を押されて一輝は歩き続ける。

死んだような人間になるよりは、死んでしまったほうがいい。

それが自分の本心かどうかはわからないが、そう思って歩くと前へ進める。

前へ、前へ。前へと言ってもそれは死への歩みではあったけれど。

一輝は人とすれ違うごとにサヨナラと心の中でつぶやく。

サヨナラ、どうぞこの変てこな世でお幸せに、と。

録画予約は父親への無言のメッセージであった。

これまでさんざん迷惑をかけてしまった、そのことを言葉に出して言えないかわりに、父親が毎週楽しみにしている番組をせめて予約しておきたかったのだ。

父はきっと、自分の死後に録画に気づき、取り返しのつかない事態に泣くのだろう。

今、一輝も泣いている。

この世界と、自分の生のふがいなさに。


一輝はあらかじめ何度も胸の奥で思い描いていた場所にたどり着くと、闇の中を今度はすばやく、ためらいなく魂の羽を広げた。

十七歳のあの屋上の続きを、その今、一輝は生きていた。

ビルに沿ってどこまでもどこまでも闇をすべり落ちてゆき、あっけなく漆黒の大地に抱きとめらる。
それはようやくの魂の解放であった。

［ひきこもり］

4章……………まだ明るいうちに

[いじめ]

5章 十三歳の終楽章

ぼくのことは諦めてください、ぼくはもう駄目だと思います。ぼくのことを助けようとしないでください。ぼくは死にます。みんながぼくをターゲットにしています。みんなぼくが嫌いなんです。最初は担任でした。ぼくが風邪で早退した日、インターネットを夜遅くまでしているのを、母が担任に相談したのが始まりでした。そのことであの男がぼくにへンなあだ名をつけました。インターネットに関するあだ名です。ぼくはそのあだ名についてロにするのはすごくイヤです。母はぼくのことを心配して相談してくれたのだから、それはいいと思います。でも担任がみんなの前で母の相談の内容を言って、それからぼくにあだ名をつけて、ともだちがみんなぼくをそのあだ名で呼ぶようになりました。ぼくは中学に入っていろいろやりたいことや楽しみなことがありました。でもそのことがあってから学校へ行くのがイヤになりました。担任が何かにつけてぼくを馬鹿にするので、クラスのみんなもだんだんぼくを馬鹿にするようになりました。誰だって強い人間の方が好きだからクラスのみんなが担任の味方について担任の真似をするのは仕方がないです。ぼくはあの頃、すごく弱くて何も言えないにんげんだったから仕方がないんだと思います。ぼくは中学一年のときからあの男に目をつけられていて、ずっと注意をされていました。あの男がどうしてぼくをターゲットにするのかぼくにはわかりません。あの男に目をつけられてから、ぼくはほんとうに毎日が地獄でした。どうしてぼくなのかといろいろ考え続けても、わかりませんでした。斉藤君が落としたノートを授業中に拾ってあげたとき、あの男が黒板の前で笑いながら、ぼくを偽善者にもなれない偽善者と呼びました。その時はもう、ぼくが担任に嫌われているのをみんなわかっているので、誰もぼくをかばったりしませんでした。だからぼくはもう、なるべく誰にも関わらないようにしようと思いました。ぼくが人より太っていることもあの男は気に入らないみたいでした。漢字の練習の時間に、ぼくには「豚」という漢字が似合うよと言ったりしました。ぼくはだんだんからだから力が抜けていって生きているのが面倒になりました。ぼくが死にたいと友だちに言うと、いつ死ぬんだ？　と言われました。うざいとか消えろとかも言われました。みんながあの男の真似をしているのがぼくにはよくわかりました。ぼくの目には誰もほんとうの勇気というものを持っていないのが見えました。人の真似しかできない弱い人間たちなのでかわいそうなのはあいつらです。じゃあぼくが勇気を出して死ねばいいのだと思いました。ぼくは一三年間の人生を自分で終わらせます。今日、一時限目と三時限目と五時限目の授業中に大声で死にたいと言ってしまった。それは自分の我慢の限界ぎりぎりだから口が勝手に動いてしまうみたいでした。自分でも自分が壊れているのがわかって気持ちが悪かった。でも誰もぼくの言うことなど相手にしませんでした。先生に私語をやめて集中しなさいと言われて黙りました。それは教師としてあたりまえの言葉だと思う。でもぼくの本当の心の声はあなたに届きましたか。下校前にトイレで「死にたいのが本気なら見せろ」と言われてズボンをおろされてしまった。死ぬより恥ずかしくてくやしかった。でもふざけているように見せていたから誰も気付かないみたいだった。誰かがぼくのことを嘘つきと呼ぶのを、なにか遠い感じで聞いていました。無視されたり変な名前で呼ばれたりするとき、ぼくはつるつるの真っ白な便器の中に落ちていくみたいな気がします。何に頼ればいいのかぜんぜんわからなかった。ぼくはほんとうに助けて欲しいと思っていろいろと声に出して言うのに、みんなにはぼくの言葉が冗談か何かのように聞こえているみたいでした。そしてぼくに対してなら何をしても許されると思っていて、何をしても平気なのがわかりました。それは一年の時の担任がみんなに模範を示したからだと思います。生徒は大人に気に入られたいから大人の真似をするんだということが、ぼくはいじめにあってはじめてわかりました。何故なんだろうぼくの何がいけないのだろうと考えるのにもすっかり疲れてしまった。この二年間ぼくは毎日毎日、にんげんとしてにんげんに絶望していたと思います。二年間が一〇〇年みたいだった。誰にもまともに受け入れられないということがどんなものかあの男にもクラスのみんなにも絶対にわからないだろう。別に受け入れられなくてもいい、ただぼくをそっとしておいてくれたらよかった。ぼくをからかっているつもりでいるならそれは大間違いだ。最初ぼくは怒りでいっぱいになって泣いてしまっていました。でも泣いたって誰もわかってくれないし、余計に馬鹿にされたり叩かれるだけなので、いつのまにか何も感じなくなってしまいました。このままこんなふうに石ころみたいに生きているなら絶対に死んだ方がましだと思いました。ぼくが担任や一部のくだらないやつらに面白半分のひどい扱いを受けていることをクラスメートは知っています。ちょっとの人を除いて、みんなぼくの心が追いつめられてゆくのをほんとうにただ見ていただけです。ぼくはそのことがいちばん寂しかった。ぼくはみんなの弱さを哀れみます。ぼくはもうあの哀れなにんげんたちのいる教室には戻りたくありません。

死ぬことに決めてから今が秋なのだとはじめて気付きました。ぼくはこの二年間、季節が変わるのをあまり感じた事が無かったような気がします。今日、美術の時間にスケッチブックを借りました。そのとき誰かが真っ白なページにゆいごんを書けばいいと言ったので、ゆいごんを書いてしまいました。ぼくの貯金はぜんぶ学校に寄付します、さよならと書いて、それからぼくが死ぬのはいじめが原因ですと書き足しました。松本君は冗談だと思って笑っていました。ぼくは、ぼくが本当に死んだことを知ったら松本君はどんなにおどろくだろうと思いながらスケッチブックをそっと閉じて返しました。ぼくみたいな者にスケッチブックを貸してくれてほんとうにありがとう。笑ってたけどきみもいつか死ぬんだよ。いつだったか、他の忘れ物をしたとき、担任が花瓶でぼくをたたいたことがあった。忘れ物をしたぼくも悪いけど、そういうときは物じゃなくてあなたの肩から伸びているにんげんの手で叩いてください。そうしたらぼくがどのくらい痛かったかあなたにもわかるでしょう。生徒をイチゴとかジャムに例えて、ぼくのことを出荷できないイチゴと言ったこともあった。そんなことを言うのはあなた自身が出来損ないのにんげんだからだということをぼくは知っています。人に出来損ないとか出来が良いとか、そんなランクづけをするために学校はあるんだろうか。そんなランクづけで出来上がっている世界をぼくは哀れみます。いつか人類最後の日が来たらなにをするかと聞かれて、ぜんぜん思いつかなくて、どうせみんな死んでしまうんだからみんなぶっ壊して死んでしまえばいいんだとかひどいことを思ったことがあったけど、でもそんなことさえもうどうでもいいような気がします。世界をぶっ壊すほどの興味も情熱も無くなってしまった。あまりにくだらないことでいじめられていると、自分があいつらと同じにんげんであることが馬鹿馬鹿しくなります。自分の体の中に胃とか腸とか心臓とかあいつらと同じものがつまっていると思うと吐き気がする。こういうのを静かな絶望っていうんだろう。ぼくのじんせいは今日で終わりです。そう決めたら胸がすうっと軽くなりました。いろいろなものが透明で光って見えます。すごく綺麗です。あの男の顔も見なくてすむし、くだらないにんげんたちに好かれようとしなくてもすむ。

ぼくがあのくだらない担任に好かれようとしていたとしたら、それはただみんなに馬鹿にされてすごく寂しかったからだと思う。実際ぼくが寂しいのは、すごくあたりまえのことだった。ぼくがみんなに好かれたいと思って、いろいろと不器用にやったことがきっと担任には偽善者かなにかのように見えたんだと思います。ぼくはすごく長い時間、無駄にあがいていたと思う。つまらないにんげんの前で、ぼくの心も貧しくてつまらないものになってしまっていました。でも今日、もういろいろなことを諦めてぼくは下校しました。クラスで一番親切だった清水君といつもの道を歩いて帰りました。別れるとき清水君に今までどうもありがとうと言った。清水君はちょっと変な顔をして笑いながら手を振りました。そのとき何故か世界がものすごく光って見えました。田んぼの金色の稲の穂が遠くまで実ってざわざわと風に揺れて、おじぎをしたり上を向いたりしているのが見えました。いつも見慣れているはずのあぜ道に赤い彼岸花がいちりん綺麗に咲いているのがくっきりと見えました。小川に沿って歩いていたら、澄んだ透明な秋の水がきらきらと光って流れてゆくのが見えました。川底の小石と、その上を流れる水が、夕陽に光っていてきれいでした。一〇月の秋の青空いっぱいにひろがったうろこ雲が、高いところをゆっくりとながれてゆくのが見えました。すごくすごくきれいでした。ぼくはひとりで泣きました。涙が勝手に流れました。ぼくが二年間、とてもつらい気持ちになりながら、それでもなんとか生きて来られたのは、この土地の風景がぼくを優しく守ってくれたからのような気がします。できればもっと平和に生きていられたらよかった。ぼくが両親にいじめについてほんとうのことを言えなかったのは、いじめられてしまう自分が情けなくて恥ずかしかったからです。ぼくがいじめられていることは父や母にはとても耐えられないことだと思うし、ぼくはぼくの家族も一緒にいじめられているような気がしていたのでどうしても言えなかった。ほんとうのことを言えば、ぼくが両親を傷つけてしまうような気がしていました。だから家ではなるべく黙って普通に笑っていようと決めていました。ぼくは父や母のことを考えるととても胸が苦しくなります。父がいっしょうけんめいに会社で働いて学費を払ってくれている学校で、息子は担任やクラスメートにいじめられていました。そんなことを親は聞きたくないと思います。いつも制服をクリーニングに出しに行ってくれたり、学校や部活のことをいろいろ心配してくれる母に、いじめを受けているなどとは胸が苦しくて言えませんでした。お父さん、お母さん、ほんとうのことを言えずにごめんなさい。いじめられてしまってごめんなさい。いろいろ思うことはあるけど、きっとぼくはみんなや学校やつまらない担任からでも愛されなかったことが一番悲しかったんだと思います。ほとんどのクラスメートからにんげんらしい気持ちを受け取れなくてほんとうに残念だった。いつか誰かに自転車のねじをゆるめられたことだとか、タイヤをパンクさせられたこともあった。ぼくが転ぶのを見たかったんだろうかとか、ぼくを殺そうとしたんだろうかとかいろいろ考えたけれど、そんなことを考える事さえ無駄なのだと気付きました。なぜそんなことができるのか、このぼくには心から理解できないからです。母が朝、着せてくれたレインコートが授業中、田んぼの真ん中に投げられていた日、ぼくはそれを拾いに行きながら、誰がやったのかとか、そんなことよりずっと先に、レインコートをぼくに着せてくれた母のことがかわいそうで泣きました。

自分が無くなってしまうってどんな感じなのかわかりません。でも、ぼくはたぶん死んでからしばらくふるさとの空を飛んでいると思います。そんな気がするんです。自分の生まれた家の上をしばらく鳥のようにゆっくりと飛んで、それから薄い雲みたいになってだんだんと遠くまで拡がっていくんじゃないか、透明な大きい宇宙のようなものになるんじゃないかという気がします。ぼくが死んだあとも、この世界の時間は何もなかったように流れてゆくのだろう。ぼくを嫌いな人や、ぼくのことを知らない人のほうがこの世界にはぜったいてきに多いのだから、ぼくが死んでもなにも思わない人がほとんどなのだろう。でもそれは悲しいというよりもなんだか清々しい気もします。ぼくは死んでしばらくたったら、秋の稲穂の上をすべる風になるだろう。それから魂になって空からふるさとの川や山を見下ろしながらだんだん消えて行くだろう。いつか誰かがレインコートを捨てたあの田んぼの上さえなつかしく高く低く飛びまわって、世界のすべての幼稚さやくだらなさや哀れさに名残りさえ惜しみながらゆっくりゆっくりと静かに消えてゆくでしょう。それから長い長い時間をかけて地球の大気圏の外側にまで出て行って、いろいろなたくさんの星屑の中を透明な魂になってすりぬけたりするだろう。そしてこの巨大な銀河系からも少しずつ遠ざかって宇宙のいちばん果てまでたどりついたら、また、長い長い時間をかけて、ゆっくりと地球に帰りたいです。きっとその時はすごくなつかしいだろう。そしてまったく違う時代の歌になって、雨音になって、雲になったり光になったり、暑い夏の日の日差しになったり、台風になったりもするだろう。そのときはにんげんじゃないほうがいい。ぼくはようやく全身を解き放たれて、なにも苦しまずなにも考えず、この世界を自由自在に飛び回れるのがうれしいです。さようなら。さようなら。ありがとう。一三年間のぼくのじんせいの終楽章が来ました。ぼくをかわいそうだとかかんたんに言わないで下さい。ぼくは自分で死を選びました。今、ズボンのポケットに好きな人たちへの手紙が入っています。ぼくの一番たいせつな人たちへ宛てた手紙です。ぼくのことを思いだしながら読んでくれたらうれしいです。おじいちゃん、納屋を汚します。ほんとうにごめんなさい。

ロープをかける場所についていろいろ考えて、やっぱり家のそばがいいと思いました。納屋なら小さい頃に戻ってかくれんぼをしているみたいで安心です。ぼくは死ぬときにしばらく苦しむかもしれないけれど、ぼくのことで思いわずらわないでください。ぼくはおじいちゃんが好きでした。それからぼくを心配してくれた数少ないともだち、びっくりさせてごめんなさい。次の世界で遊びましょう。他人の真似をしないで勇気をもってぼくに親切にしてくれた人たち、ぼくがいじめで死んでしまったことは思い出の引き出しの隅にそっとしまって、ぼくの分も平和なじんせいを送っていて下さい。ぼくは死んでもあなたたちの親切を忘れません。親切にしてもらってとても嬉しかったです。いつか理科の時間に、宇宙は真空で音が響かない無音の空間だとききました。ぼくは真空の真っ暗な闇の中を無音のオーケストラとしていつまでも宇宙全体に響き渡りたい。ぼくが無音のまま宇宙いっぱいに叫んでいるのを心の耳で聴いて下さい。ぼくは死んで命の振り出しに戻ってゆきます。

すっかり日が暮れました。お父さんお母さん、ごめんなさい。バカ息子を許して下さい。今まで育ててくれてほんとうにありがとうございました。
これからは大きな何かになってお二人の周りで踊ったり笑ったりもしています。
ではこの世界ではさようなら。

［後追い］

6章……赤い海

外は真夏の豪雨である。微かに赤みを帯びた夕闇の奥から降る水は、道の上を滑るように流れ、集まり、大海へ轟々と流れこんでゆく。

海に近い土地にある一軒の家が、雨の奥に深々と閉ざされている。

その家にひとりで暮らす初老の男が硝子窓越しに雨を見ている。

ぬるく強い雨があらゆるものを洗い流し、とどめようも無く見えない海へと流れてゆくのを見ている。

彼の脳裏をふと、昔、事故で死んだ親しい小説家の書いた一節がよぎった。

海には二種類ある。外と内との二つの海である。外の海は無数の人々がひしめき争う社会という海であり、内の海は人の中にあり、人を溺れさせる海である。

男の内の海もまた、今、大波をたてて荒れている。

闇へ向けて見開いたまなざしの先、その奥に赤々と、他人の家の灯が見える。

男は前年の末に妻を癌で亡くした。

強く、可愛らしい妻であった。

男の心を微かに揺らすのは、最期まで妻に癌の告知をしなかったということである。

しかしそれで良かったのだと男は信じている。

告知するには予想された死期があまりに近く、彼女には残酷であった。

子どものいない夫婦であったがため、男はひとり秘かに妻の病を背負い、奮闘した。

妻の病室に必要な急須を買いに出て、もう何年も商店街という場所で買い物をしたことが無いということに気付いた。

医師には無理な延命はしないよう、眠るように死なせてやって欲しいと頼んだ。

死期の迫った妻との最期の時間は絶望的ではあるが濃密で甘く、美しい時間でもあった。

死が乳色の蜜のように男を捕らえ包み、時は止まり、過去も未来もなく、ただ妻との現在だけがあった。

そのような濃密な時を男は過去の人生の中で味わったことが無かった。

病室の窓から首都高速道路を走る車の流れが見えた。

外の世界の遠い現実の時の流れと、妻と共にしている死の時間との落差が、奇妙なものに感じられもした。

やがていよいよ死期の迫った妻へモルヒネの投与が開始され、一〇日程経った頃、不意に妻が〈ずいぶんいろいろなところへ行ったわねぇ〉と、穏やかな顔で言った。

男はその穏やかな言葉にまた行こうよとも応えられぬまま、涙が迸り出るのを隠し、病室の隅のキチネットへ立った。

麻薬を新薬と偽ったところで、男よりも医学知識に詳しかった妻が気付いていないとも思われず、あの時、正面を向き、手を取って泣いてやることができたなら、また何か違う光景が広がったのであろうかとも思い、あれで良かったのだとも思い、そのことがかすかな棘となって男の胸の奥に残っている。

その日以後、妻は深く眠り続け、静かに天に還って行った。

何もかもが、つい昨日の出来事のようである。

今、天から降り続ける大量の水が、男を懐かしく一人にする。


男は妻の葬式を出した後、感染症から敗血症に陥った。

もともと幼い頃に肺を患った男の身体は頑丈ではない。

病は思いがけず重く、生死の境をさ迷いながら数カ月の入院生活が続き、周囲の人々の手を煩わせた。

妻の死の直後、多くの友人の助けを必要としたその病は却って、男の命を今日迄生きながらえさせたのかもしれない。

ようやくすべてが嵐のように過ぎ去り、身体も癒え、男ひとり戻って来た家の中があまりに空虚である事に改めて愕然と気付いたとき、追い討ちをかけるように脳梗塞に襲われた。

それは大事には至らない、ごく軽い発作であった。

しかし、あらゆる痛みに耐える心積もりはあっても、自分がゆっくりと変質してゆくことへの恐れ、特に自我に関わる病への恐怖は男にとって底知れなかった。

根拠はないと言われても、もしやいずれ妻との生活をも忘れ果てるのかという不安は胸の底で暗く渦巻く。

誰の手も借りず、独りで暮らしていればなおさらである。

男は不安を深く抱えこみながら、今、かろうじて生きのびている。

かろうじて生きのびているのは、これまでに周囲の友人たちが差し伸べてくれた数々の温かさへの、せめてもの返礼でもある。

脳梗塞の後、生業としてきた文筆業への不安が高まった。

その嵐の夜、書斎に籠っていても聞こえる轟々という水音の向こう、非常に遠くで、女の声が呼んでいるように、男は感じる。

女は、何か巨大な海のようでもある。

人の故郷とは、母親の面影と一対になって思い起こされるものであるが、幼時、四歳で母を亡くした男の中に母の生きた面影はない。それゆえ妻の居る場所が長らく男の故郷であった。

雨音の中、死んだ妻と死んだ幻の母の存在がゆるく溶け合い、遠く男を呼んで騒いでいる。

男は書きかけの原稿に目を落とす。

それは男の幼年時代を書き綴った原稿である。

物語の奥には、若かりし頃の幻の母がおり、生まれたばかりの幼い自分がおり、微かに記憶に残る母の柔らかな呼び声がある。

母の声はとうに忘れたと思っていた。

けれど遠く過ぎ去った時を思い思い、微かな記憶を紙の上に書き連ねてゆくと、不意に母の声が記憶の底から微かに蘇った。その母の声と妻の声が男の中で美しく重なった。

妻と死の時間を共に過ごした、あの、決して希望は見えないが饐えた甘やかさに充ち満ちた、内へ深く閉ざされた時間と同様の穏やかさが今、この、書きかけの母との物語の中に閉じこめられてある。

男にとって書くことは、輪郭の曖昧な彼女らの死をなぞり、定着させ、終わらせることである。

彼女らの墓標を書き終えてから死にたい。

不意に妻の〈みんな終わってしまった〉という言葉が耳の底に蘇る。あれはいつだったか。もう自分の身体が元には戻らないと察した妻が、ふと漏らした言葉であった。

それは哀しいが、どこか深々とした安堵の溜息にも聞こえた。

〈みんな終わってしまった〉

男はせつなく天井を見上げる。

二階には、妻の衣装部屋をそのままに残してある。

そこに妻の姿見があり、薄い鏡掛けがある。男の母親の形見である着物の端裂と、妻の着物の端裂を縫い合わせた鏡掛けである。

妻の病名が判明するその直前に、妻が手縫いし置いて逝ったのである。

彼女は何かを予感したのだろうか。

男はペンを置き書斎を出ると階段をゆるりと昇る。衣装部屋の扉を開けてみる。

以前のままにそれは静かにそこにある。

男はその鏡掛けをふわりと自分の肩に掛けてみる。

雨音の甚だしく響く暗い部屋の中央、体に鏡掛けをまとった、異様な男の姿が映る。

二人の女の命の縫い合わさった布に包まれた男。

男は鏡の中の自分を見据える。

涙があふれる。

疲れた。

よく生きた。

男はあの原稿を書き終え、懐かしい女たちを言葉の中に定着し終えてしまう事を、ふと淋しく思い始める。

今、言葉をすべて放棄し、女二人の声が溶け合って呼んでいるらしい、あのあたたかく昏く深い海に身体をゆだねる事が許されないという理由とは、はたして何であろう？

男は古い古い詩を思い出す。

男が文学に関わり始めたきっかけの、一編の詩である。

母に死なれ、世界に裸で放り出されてしまった不安定な少年時代、父と共に引っ越した先の一軒の古本屋の片隅、出版されたばかりの詩集が立っていた。

まだ世の中に知られていない詩人の、しかも出版したての詩集が何故に古本屋にあったのかはわからない。が、少年であった男が引き寄せられるようにして手に取った伊東静雄の詩集中、「夏の終り」という詩篇が、孤独な心に深く響いた。

夜来の颱風にひとりはぐれた白い雲が
気のとほくなるほど澄みに澄んだ
かぐはしい大気の空をながれてゆく
太陽の燃えかがやく野の景観に
それがおほきく落す静かな翳は
……さよなら……さやうなら……
……さよなら……さやうなら……
いちいちさう頷く眼差しのやうに
一筋ひかる街道をよこぎり
あざやかな暗緑の水田の面を移り
ちひさく動く行人をおひ越して
しづかにしづかに村落の屋根屋根や樹上にかげり
……さよなら……さやうなら……
……さよなら……さやうなら……

ずっとこの会釈をつづけながら
やがて優しくわが視界から遠ざかる

あの詩の、あの遠ざかる孤独な白雲は、当時、母を失い、父と新たな町に生活し始めた少年自身の寂しさの象徴であり、また、あっけなく死んでいった母の命と似た美しいものでもあった。

当時はそうとは意識できずとも、少年は人の生命の遠い行方を、ただ翳を落として流れる雲の詩の中に無意識に読み取ることができた。

激しい嵐の後、残酷なほど明るい世界から、ひたすらに流れ遠ざかってゆく孤独な生命というものを、あるいは時代の残酷さというものを、少年はあの詩に読み取ったのであった。

今、年を経て、そのことが男にくっきりと意識される。

ふりかえってみれば、あの敗戦直後の時代に、敗戦を正面から悲しむ事は許されなかった。民主化されることの歓びと、弱肉強食の時代の幕開けを歓びこそすれ、喪失を喪失としてそのまま悲しむことは決して許されてはいなかった。そのような時代の中で、ひとりの詩人の〈さよなら……さやうなら……〉という、あの明るくシニカルな過去へのささやきは、少年の心を素直に悲しませ、安堵させた。

爾来、男は、常に率直に時代を悲しみ、時代を見つめて生きてきたのである。

時に外と内との二つの海に翻弄され、それゆえ言葉から離れなかった。無数の人々がひしめき争う社会という海での戦い、自らの内の海との戦い。

大学での勤めも忠実に果たした。

ここまでよく頑張ったと、母か妻かわからない女の声が囁きかけてくれる気がして、男は頼りなく雨音の向こう側に耳を澄ます。

もう十分生きた。

何より身体は壊れ、魂は疲れすぎた。

幼年時代を綴った最後の原稿は、あの西日のさす古本屋での詩集との出会いの時代まではまだ辿り着いてはいない。

けれど男の記憶の底から遠く懐かしい過去が次々と甦り、言葉に変換されることなく塊となり内面の嵐に揉まれ、それでも過去は脳裏に次々と涙のようにあふれ出て来る。

それはもう、形をなさぬままでも良いと男は感じる。

自分もここらで〈さよなら〉と会釈をしよう。

何故なら、もうみんな愛し終えてしまった。


その日、古くからの友人の紹介で、住み込みで生活の手伝いをしてくれる女性が来る予定であった。

不意に男は思い立つ。

それまでに終えてしまおう。

あるいは、すべてを始めてしまおうと。

男は書斎へ戻ると便箋を取り出し、身近な友人宛てに、手紙を認め始める。一通一通を丁寧に書き終え、それぞれ文末に本名でサインをする。

最後の一通は、男の文筆活動を見守ってくれた未知の人々への、短い遺書である。

文末に、筆名でサインをする。

次に男は深く眠る場所を探し、立ち上がる。

深く眠るには何処が良いか。

母親の胎内以上に素晴らしい避難場所はない。

男は風呂になみなみと湯を張る。

裸になり、その中に半身を沈め、ひとつ大きく呼吸をすると、手首に刃物を当てる。

軽くためらい、次にすみやかに深く切り裂く。

湯に鮮血が拡がる。

男は母親の胎内とほぼ同じ温かさの湯に裸で浸り、徐々に血に染まってゆく様を眺める。

血の海の中で頭の芯が不意に軽くなり、意識が薄らぐ。

男は自らを悲惨な事件の主役ではないと、最期まで秘かに信じている。

何故なら彼は自らの内なる価値を守って行動している。

それは、身体をもってする、母なるイマージュの完成である。
男が完全に意識を無くし、湯に沈みこむ。
解放である。
男の家を羊水のようにぬるい雨が隠し、包むように降り続ける。

［後追い］

6章……………赤い海

［AV女優］

7章　天使の休息

約束を守ろう。テーブルの上のノートパソコンを切ると部屋がひどく静かになった。パソコンの前を離れると、これまでの様々なことが幻だったような気がする。静かすぎる無音の部屋の中でネットの喧噪にまみれているのはあまりに滑稽だ。

私はここ数カ月間、焦りと胸の痛みに責めさいなまれてきた。自分の選んだ道が尋常ではないとき、自分の揺らぎよりも周囲の揺らぎの方が恐ろしいということをはじめて知った。自分の揺らぎが周囲を揺らし、揺れが増幅されて戻ってくる。

長丁場の撮影で疲れた身体をひきずるようにして部屋に帰り、ネットの中で颱風のように渦巻く罵声に触れると、落ち込むと同時に何処かほっと安堵もする。

安堵するのは、これまで私の視野を覆っていた見せかけの薄いベールが奇麗に剥がれ落ち、その向こうに隠されていた真実の姿が見えたような気がするからだ。ベールの向こうの世界はこんなものだったのかと。

もともとモデルの仕事をしていた間、漠然とではあるけれど、いずれこの道に入る事になるんじゃないかという気がしていた。でももしかしたら別の道がみつかるかもしれないと淡く期待も抱いていた。その期待はかなわなかったわけだけれど。

AVの世界に関わる人たちはみなセックスの持つ破壊的な力に魅せられている。まるで自傷するように魅せられている。肉親への愛憎を秘かに胸に閉じ込めているスタッフも多い。この世界に関わる人間たちの底無しの好奇心と探究心は、どこか遠いところで失って来てしまったこの世界への希望や信頼を、撮影現場で回復しようとするかのように過剰に働く。自分自身を貶める事で世界に復讐しているようにさえ見える。

多分、それが彼らの生きる術なのだ。人間のセックスという日常の暗がりの奥に潜む行為は、光のもとにひきずり出したときに破壊的な力を持つんだと、いつか年齢を重ねたスタッフの男性のひとりが目をきらきらさせて私に言った。君はその力に耐えられるのかと尋ねるので普通に「はい」と答えた。

人の原始的な行為をあえて闇の奥から引きずり出し、暴露し、記録する仕事を私は小気味良いと感じる。生殖という本来の目的から遥かに離れ、体液や汚物にまみれた姿を恥ずかし気も無く曝さずにはいられないこの世界の住人たちの心の捩れを、私はとても愛おしく感じるのだ。

そんなことは普通の人にはとうてい理解できないのだろう。人生をごく普通に破綻なく生きている人たちにとって、ここはあまりに異質な世界だ。誰もがみなそこから目をそむけ黙殺する。性に関するあれこれは闇の奥に葬り折り畳んでおき、さらに重い蓋をしておきたいのだ。人はそれを節度と呼ぶ。

新参者の私にとってもこの仕事は、苦しいけれど人生の核に触れるひとつの手段でもあった。撮影現場で人間の身体から溢れ出るものを見ると、生き物のどうしようもない哀しさと切なさに涙が落ちそうになる。まともではないけれど、そこには普通である事をとことん諦め、すっかり底の抜けた人間の裸がある。体力と気力さえあれば、ここで良い仕事ができると思っていた。

初めての撮影に入ってすぐ生理と撮影が重なり、不安定に上下する気分に情けなく振り回され続けてしまった。生理だけは仕方がないのでともかく休みをもらい、少しの間、我が身を振り返る時間があった。その時、改めて周囲を見回し、このままこのハードな仕事を続けてゆく力が自分にあるのだろうかと少し心が揺らいだ。勿論、揺らいでもスタートしてしまった撮影は止められないし、誰も私を元の世界へ取り戻しには来ない。

私があえて実名でこの仕事を始めてしまったことは責められて良い。それは私なりに覚悟を決めたからではあるけれど、実名でこの仕事をするということは身内に恥をかかせるということだ。肉親から見放されるのは解っていた。以前の仕事では年齢をほんの数カ月ほど誤魔化していた。そんな些細なしみったれた嘘も奇麗に訂正した上でこの仕事に臨んだのは、自分がここより他に道を見いだせないよう、自分自身を追いつめたかったからでもあった。けれど私が通っていた歴史のある高校の名が知れ渡った時、後輩たちのことを思い、実名を使ったことを私は後悔した。

ビデオ制作は昨年の夏から秘かに非公式に動き始めており、この春、事務所から作品についての公表の許可が出た。ようやく新しく始める仕事についてて私の公式サイトで報告した日、長い間私の活動を見守ってきてくれた人たちの、ごく当たり前の反応が胸に刺さった。

使い捨ての汚い豚に成り下がったのかと直截に言って来た人がいた。心が揺らいだ。もっと違う世界で働くこともできるじゃないか、考え直してほしいという真剣なメールに、やはり私の心は揺らいだ。これまで見守って来てくれた人たちに嫌われてしまう事が突然に恐ろしくなった。頑張って下さいという良心的で前向きな励ましは嬉しいと同時にどこか本心ではないような気がして不安に感じた。そう感じている自分が心から情けなかった。次々に書き込まれてゆく罵声と励ましに、パニックになって泣いた。

この世界から本格的な芸能活動に入っていった人たちもいる。確かに子どもの頃、二二歳の誕生日に自分がこんなふうに精神と身体を酷使しすり減らすような仕事をしているとは予想もしなかったし、この世界に入ったことを全く後悔していないと言ったら嘘になる。でもやるならば真正面から立ち向かってみようと思っていた。

揺らぎながらもハードな撮影は続く。撮影中、体中の感覚が鈍麻するほどの容赦ない刺激に思考が飛んでいる。助けてと声をあげるかわりに何か別の声をあげ続けていたような気がする。仕事を終えてふらふらと部屋に帰り着くと、吸い寄せられるようにパソコンを立ち上げてしまう。そして液晶画面の奥の自分への罵声を執拗に探してしまうのだ。身体の疲れも相まって私はみるみる絶望的になる。

日常的な揺らぎと絶望。そんなことの繰り返しの日々。この世界への転身に周囲の混乱はつきものだ、気にしなくていいんだとスタッフのひとりが言ってくれた。周りの雑音は聞き流せ、受け流せ。でもそんなことはできなかった。私の存在をとことん貶めようとする声にこんなにも執拗に目が行くのは何故なのだろう。

あの数々の罵声は、私自身の人生からは遥かに遠いところで生きている人間たちの声だ。彼ら自身の人生への鬱憤が、私という的を得て生き生きとうごめき始めただけにすぎない。そう頭ではわかっていた。たくさんの愛すべき小さな人たち。そんな彼らの奇妙な罵声に満ち満ちた掲示板から私は目が離せないのだ。まるで「死ね」という親切な一言にすがりつくように。

人間の弱さとはなんて目ざとくて生々しいのだろう。彼らはこんなに狭いネットの中で網を張ってスケープゴートを探している。自分の身代わりを、自分より劣って見える誰かを言葉で殺そうとさえする。そんなひ弱で陰湿な魂が吐きかけてくる唾くらい軽く受けてやる。そんなものどうってことない、受けて立とうじゃないかとひとり躍起になり、やがて情けなく疲れ、考えるのも虚しくなる。

私がいつもぎりぎりのところで迷いながら踏みとどまっているのを誰も知らない。もともと誰もが他人のことなど知ったことではないのだ。そのことが身にしみて淋しい。ひんやりとした闇が私を取り囲んでいると感じる。毛穴から痛いような冷や汗がにじみ出る。頭の芯が痺れて考えがまとまらない。

昨日は明け方になっても撮影現場の熱気が身体の底に残っていて、奇麗なピンク色の朝焼けを眺めながら誰かと温かくて静かなセックスをしたくなった。それからふと、普通の結婚などもう望めないのだと気づいて急に悲しくなり気分が落ちて行った。

部屋の隅に古いトランクがある。昔、はじめてもらった仕事、グラビアの撮影にうきうきとして連れて行ったトランク。そしてこれからのハードな仕事についてきてくれるはずのトランク。私の味方はこの子だけだと思う。

同業の子たちはみな鉄のように冷たい笑顔を顔に貼り付けて頑張っている。ある子は自分の生活のために、ある子は家族のために、ある女性はひとりで産んだ子どものために。そしてみな深く傷ついている。親に背を押されてこの世界に入って来る少女もいる。さらにその身体に課された快楽という暴力によってへとへとだ。セックスを売るのはとてつもなく疲れる。心身ともに疲れるんだよ。

中途半端な構えでこの世界に居続けることは危険なことなのだと幾つかの仕事をこなしたあとに身体で理解できた。私はまだ心構えが中途半端だからこんなに疲れ果てるのだ、何も考えず身体ごとスッポリはまりこんでしまえればいいのだとも思った。ここには永遠に誰も助けに来てはくれないのだから。

時折、精神科に入院している聖子から手紙が届く。彼女は携帯依存症気味なので、携帯は禁止されているのだ。私と同じくあまり親しい友人のいない子なので、何通も何通もさほど親しくもない私に宛てて手紙を書いてくる。もともと書き慣れない字がひどく乱れていて、文脈も支離滅裂だ。飲んでいる薬が強すぎるんじゃないだろうかと心配になる。聖子はＡＶの世界で早足で売れっ子になって精神を病んだ。実の母親に乞われてこの世界に入って来たそのことが、彼女の精神を狂わせた原因だと私は思っている。彼女は人形のように可愛らしく、実際、母親のお人形だった。死んでも彼女には言えないけれど、どう見ても彼女はいわゆる母親の金づるだったし、彼女は母親の為に気前良く〈本番〉もこなした。彼女がみるみる精神を病んだのは、彼女の魂が母親よりはるかに健全だった証拠だ。彼女は多分このままこの世界から離れてゆき、何事もなかったように持って産まれた名前での静かな生活に戻ってゆくだろう。そしていずれ母親のみつけてきた、彼女の過去など何も知らない、父親のような誰かと結婚するだろう。

私は時々無性に大きな石をどこかに向かって投げつけたくなる。この仕事を始めるにあたり景気付けにひとつ人目をひく嘘をついた。売れないお笑いタレントの百人斬りをしましたと、好奇心旺盛のオーディエンスの目の前で暴露した。そんなこと、自分で言っていて馬鹿馬鹿しくて笑えてくる。私の言いたい放題に右往左往する人たちに吐き気がする。そんな空虚な嘘を信じる方がアホだ。人間って踊ったり踊らされたり。ほんとうに切なくて可笑しい。私の口から出る嘘は世間に浴びせる石のつぶてだ。両手で力いっぱい投げつけてやる。私を漠然と見限っている世間に向けて。私を汚い者のように顧みない者たちに向けて。無理解な目に向けて。でもそのせいでサイト上の罵詈雑言にいっそう拍車がかかった。

約束は面白半分の罵詈雑言に満ち満ちた2ちゃんねるの掲示板上で交わされた。私に関するスレッドが堂々と立っていて、相変わらず害虫とかゴキブリだとか好き勝手な書き込みが連続して投稿されていた。それに便乗して軽々と「死ねや」と私に呼びかけている名無し草がいたので、それなら死んであげるよとつい書き込んだのだった。わかりやすくわざわざ本名で書き込んだというのに、誰ひとりとして私を本人だと信じなかった。

親切な誰かが私のために硫化水素で死ぬ方法を丁寧に解説してくれた。サンキュー。こんなもので本当に死ねるのだろうかと思いながら近所のドラッグストアで教えてくれた通りの材料を大量に買って来た。人の命を終わらせるほどの威力のある薬品があまりに身近にあり、しかも安いのにひどく驚いた。

本当に実行するかどうかはその時の気分によるだろうと思っていた。買い込んだ二種類の薬品を眺めながらふと、アメリカに行って本場のハロウィンを体験してみたかったなと思うとすうっと涙が出てきた。

ひどく淋しくて、ときどき相談に乗ってくれている女友達に携帯メールを打った。気分が底まで落ちてしまったと彼女に打ち明けると、優しく心配してくれた。多分、ストレスと撮影の強い刺激で神経の回路がヒートしているのでしょうと同業の彼女は言った。確かにこのところ混乱がひどかった。昨日あったことをすぐに忘れてしまうし、胃の具合が悪くてその上、ひっきりなしに書き込まれるネットの罵詈雑言にべったりと執着する自分をどうしようもなくもて余し、心ならずもくたびれ果ててしまっている。

その原因を作ったのも私だ。自業自得だ、それだけの事じゃないかと思いながら、硫化水素の素の入ったレジ袋を抱いていつの間にか眠ってしまった。

ベッドの中で眠りに落ちながら、そう言えば昔、ハンディキャップを負った子どもたちや世界の貧困国で苦しんでいる子どもたちのために何かをしたいとひたすらに焦っていた時期があったことをぼんやりと思い出した。彼らを救うことが私にもできると思っていた。こんな仕事でも、私の仕事はいつもその気持ちの延長線上にあるつもりでいた。できればいずれ大金を寄付したいとも思っていた。その気持ちは本心だったけれど、いつか人前で公言したら、ボランティアのことなんか売名のためのいい子ぶりっこにしか聞こえないからやめろと言われて苦笑いを返すしかなかった。言わなければ良かった。考えてみればいつのまにか人生のハンディキャップを背負ってしまっていたのは私自身じゃないか。私自身の魂の脆弱さをめがけ、善意の寄付金では無く、なにかもっと暗く巨大なものがどっと流れ込んでくる。私は体中でそれを受け、呑み込んでしまおうとあがいて溺れている。

さっき、四月の空が秋空のように高く、雲が一面の海に見えた。桜がそろそろ咲き始める。

とても疲れてしまい、私はひたすら眠い。

丁度、仕事も一段落ついて、ビデオも無事に発売された。

微かに心配なのは聖子の行く末くらいだ。でも彼女はいくら言っても病気の母親から離れられないだろう。

もう、十分なんじゃないかと思った。

私が生きている事は肉親にとっても恥なのだし、どう考えても未来の世界に私の居場所は無いような気がする。

何より私の身体はだるく、今はひたすら眠い。

二二年の人生にピリオドを打つには良い春の宵だ。

レジ袋の中をしばらく眺めた。

それから玄関のドアに「硫化水素発生中」と書いてセロテープで貼ってみた。

発見者が巻き添えになって死んでしまったというニュースをこのあいだテレビで見た。

私のために誰かがここへ危険を冒して入って来るなどということは、残念ながら、まず無いと思いながら、貼り紙が剥がれないか軽く引っ張ってみる。

　大丈夫。

　隣人が部屋の前を通って気づいてしまわないうちに急いで部屋の中に戻り、昨日、袋ごと抱いて寝た二種類の薬品の容器をバスルームの床に静かに並べてみた。

　空腹で少し手が震えた。

　発生した濃厚な硫化水素をまともに吸うと、血圧が下がって目の前がブラックアウトするまでほんのひと呼吸だと聞いた。悪くするとまばたきする間に気を失ってしまうらしい。

　薬品の蓋をひとつひとつ用心深く開き、空のバスタブの底に一本、また一本と立ててゆく。

　ボウリングのピンのように並べた薬品の容器を、足で軽く蹴って倒せばそれで終わりだ。

　あのメス豚が死んだらしいと掲示板の噂になるのだろう。

そしてすぐに忘れるのだろう。

でも私の体はＡＶ女優として映像の中に残り続ける。

それで十分だ。

バスタブの淵に腰掛けて足をぶらぶらさせる。いよいよこれですべて終わりだと思うと心の底が抜けたように軽くなる。

私という小舟がこの世界の岸を静かに離れ始める。

誰も私の、最後の、まばたきに、気づかない。

［事故］

8章……………宙を舞う恋

ゆったりと流れる神崎川の岸辺に季節外れの揚羽蝶が飛んでいる。

蝶は死んだ者の魂の使いだと、翼はいつか何かの本で読んだ事を思い出す。

あたりには黄金色の泡立ち草がさわさわと揺らぎ、細い自転車に乗った少年達が岸辺の風の中をにぎやかに走り抜けてゆく。

翼はひとり初秋の川沿いを歩いている。川風に舞う長い髪を時おり片手で束ね押さえながら。

時折、神崎川に架かる巨大な鉄橋の左右両岸から六両編成の列車が轟音を立てて走って来る。

列車は鉄橋の中ほどですれ違い、再び逆の両岸へと別れ遠ざかってゆく。

翼はそのたびにぼんやりと音の方へ目をやる。

遠く列車を見送る胸底が微かに軋む。

大樹がわけの分からない事故に巻き込まれたのは去年の四月。

〈全てがその日を境に変わってしまった〉という、あの言い古された言葉が今、翼の心情に最もふさわしい。

鉄橋の上をすれ違った列車の音は、翼の胸の奥を確かに強く揺さぶるのだが、翼の感覚はどこか淡く麻痺している。

ただ、言い表わし様のない重苦しさを胸底に抱きながら立っている。

やがてあたりに静けさが戻ると彼女はふわりとその場にしゃがみこみ、スカートの膝を抱いた。

去年の春、この川沿いを大樹とふたりで歩いた。

そう思いながら両の手で地面に触れる。

二〇〇五年春、福知山線脱線事故。

あの事故で多くの人が亡くなった事を翼は知っている。自分ひとりだけが被害者ではない。そのことは勿論理解できている。たくさんの人の慰めと優しさと被害者同士のネットワークが熱心に翼を支えてくれている。

けれど翼はふかく孤独だ。

大樹を失って以来、心に透明な高い壁が出来てしまい、その壁は自分ではどうしようもないほどに分厚い。まるで自分という暗い井戸の底から人の優しさという遠い光を見上げているように。

あの日、滅茶滅茶に折り重なった列車の中、見知らぬ大勢の人に紛れて大樹が死んでいったという事実を、まだどこか彼女は心の底から認められないでいる。

列車が急カーブを曲がりきれぬまま、宙を飛ぶようにして突っ込んだ線路脇のマンションは、いまだにあの日の傷痕を生々しく残している。

翼はその痕跡をまともに見る事が出来ない。

翼の悲しみに追い打ちをかけたのは、翼と大樹の関係に法的根拠が無いという理由で、被害者の家族として扱われなかったという事実である。愛し合って暮らしていた者の命を理不尽な事故によって壊され、しかも十三年というふたりの年月をこんなかたちで突然他人に否定されてしまった。

何故、という言葉しか翼には思い浮かばない。

いつまでも何故と問い続け、二重の喪失感に日々さいなまれ続けている。

遠い遠いところに行った大樹と、翼は川に向かって無言のままつぶやく。

一生懸命に働いていた大樹。事故の日は夜勤明けだった。

疲れていたでしょう。自分の身に起こった事を理解する間も無かったでしょう。十代の終わりに出会って以来十三年間、シンプルで無邪気なふたりだけの暮らしを続けて来た。楽しかった。その生活はふたりがすっかり年老いるまで続くと思っていた。

翼は悔しく思う。

遠い遠いところに行った大樹。

いったい何故私はここで独りなんだろう、と。

川岸の砂のどこか奥に微かに残っている大樹の気配と、自分自身の影を混ぜ合わせるように翼の手は乾いた地面をさらさらと撫で続ける。


ふたりが正式な結婚をしなかったのは、ただふたりがこのままでいいと決めて生きて来た結果である。

けれどふたりなりの婚姻は世の中に認められず、大樹と過ごした自分の人生の半分が立ち消えてしまったように感じる。

小さく背を丸めてしゃがんでいる翼の上空を関西空港へ向かうジェット機が低く飛んでゆく。

翼はそのジェット音に驚き、さらに小さく身をすくめる。

ひとりの生活を強いられるようになって以来、漠然とした不安感がしつこくまつわりついて離れない。

聞き慣れた音に驚き、怯え、あっけなく涙があふれ出てくる。

通い続けているカウンセリングの効果はあがっていない。

その不安の根元に巨大な怒りがある。

翼は見知らぬ町ではぐれてしまった迷子のように頼りなくあたりを見回す。

ゆらりと立ち上がると、スカートの裾をはらい、歩き慣れているはずの道を不安気に歩く。

秋の水はただ平らかに流れてゆく。

ふたりが長く暮らしていた部屋は川岸から歩いて十分ほどの場所にあり、翼はそこに今も住みつづけている。

新大阪駅に近く、ベランダからは新幹線が大阪の街を直線的に貫き走る姿が見える。

JR在来線の線路もすぐ近くを走り、事故の後も翼は、すぐ間近に列車の通過音を聞きながら生き続けなくてはならなかった。

大樹が生きていた頃は新大阪駅に近いマンションに住める事が嬉しかった。どこかに旅をしようと思えばすぐに鞄を持って旅立てる。旅の途中、友人達に立ち寄ってもらう事も出来る。皆で夜遅くまで騒いで話し疲れても朝はゆっくりしてもらえる。友達を新幹線のホームまでぶらりと歩いて見送りにも行ける。

そんな楽しい想像をしながら借りることに決めた部屋だった。

マンション最上階のベランダは他のどの場所よりも見晴らしが良く、若いふたりの視界を遮るものは無かった。

しかし今、大阪の空は翼にはあまりに広大すぎ、列車の音は日々、翼を苦しめる。

翼はようやく部屋に戻ると扉を後ろ手に閉め、手折って来た一輪の泡立ち草を無造作に花瓶に活けた。

空に向けて窓を開け放ち、ソファーに身を投げ出す。それからぼんやりと雲を眺める。ぼんやりとして三日も続けて外出しない日もある。

事故後、日が経つにつれ次第に深まる怒りと不安感は翼の働く意欲をすっかり削いでしまった。

怒りというものはなんと深く心を蝕むものか。

経済的にも逼迫し、近くに住む両親のサポートを心ならずも受けている。皆に迷惑をかけていると思い、弱々しい自分に嫌気がさしても身体がついて来てくれない。

被害者の集まりだけには出かけている。そこには大樹の気配があるから。大樹があの日、どの席に座っていたか、どのように死んで行ったかを詳細に知ろうとする事で翼は自らの命をつないで来た。しかしどのように手を伸ばしても大樹のぬくもりには辿り着けず、以前のような日常は取り戻せない。

事故そのものが世の中に忘れ去られてゆくようではがゆく、立ち直りの遅い自分がはがゆく、何か気晴らしをと、小さな動物をそばに置きたいと思っても、小鳥の持ち込みさえ禁止されているマンションではそれもかなわない。

管理人がマンション入口に貼り出すこまごまとした禁止事項や罰則は、かつて大樹と翼の秘かな笑いの種だった。

ある日突然に貼り出された〈ゴミ出し日の間違い　罰金二千万円〉という突飛な告知には住民みなが苦笑した。けれど昔は笑い飛ばせたその馬鹿馬鹿しい貼り紙を、今、翼は笑えない。

ゴミ出し日の間違いが罰金二千万円ならば、間違い運転で失われた大樹の命の値段はどうだろう。

ＪＲからの償いは生活を共にしていた翼の元へは来なかった。正確に言えば、一旦賠償金の支払いが開始され、のちに打ち切られたのである。二重の打撃に翼の心は揺らぎ荒れた。太マジックで大きく書かれた罰金の文字を日々目の端に留めながら虚しくひとりぶんの食料を買いに出かけ、戻って来るとまたエレベーターのボタンをゆるく押しながらその文字を目にする。

最上階にたどりつくまで、管理人の人間不信ぶりに感染したように誰かをひたすらに罰したいと思い続け、ＪＲを恨み続け、大樹を返してと思い続ける。

そんな日々の些細な心の乱れが翼の精神を僅かずつ壊して来た。

翼は大樹を失って以来一年間、魂の欠片を幾つも投げ捨て続けた小窓から下を見る。

日々、翼は衝動的に空へ身を投げ続け、幾度も幾度も駐車場めがけて弧を描き落下してゆく自分の身体を目撃した。

それはただの幻影で現実の身体は未だに此処に生き続けている。

けれどすぐ先の空間は大樹の気配で満ち満ちていると思う。

そこは空っぽではない。そこへ手を伸ばし落ちてゆく時だけ、翼の心は満たされている。

そして日々ひとり、まだ生きている事の不思議。


今夜も翼は眠れない。

半睡のままそれ以上の眠りに落ちてゆけない。

秋の冷たい夜風が窓から忍び込み、部屋全体をどこか青みがかった冷たさで包む。

翼は自分の存在をひどく薄く軽く感じる。

何に比べて？

世の中の人たちに比べて。世の中の人たちは何故あのように活動的でいられるのだろうかと彼女は思う。

彼らのそばにいると彼らの高い体温が伝わって来て無言のまま世界の隅に圧しやられるようだ。

翼は常に不安で、その不安にいつまでも慣れない。

何故常に不安なのか。

大樹を奪われたから？

あるいは自分自身の存在を認められないから？

頭は上手く働かない。複雑に絡み合う蔦のようにいつも本当のことに辿り着けそうで辿り着けないのは効き過ぎる薬のせいかもしれない。寒さも手伝い、眠いのに意識は冴え渡る。

いつもこんな風に心が頼りなくなると大樹がそっとフォローしてくれた。他愛無い冗談で笑わせてくれたり、温かいお茶を入れてくれた。大樹はそういうことが上手かった。

ふと、死んでも彼の骨の眠る同じ墓標の下には寄り添えないという事を翼は思う。ただ寂しい。


午前五時、うっすらと明けはじめた群青の空、翼は今日も大樹の居ない世界にそっと別れを告げる。

いつものように身を乗り出し、大樹で満ち満ちている空を吸い込む。

自分を大樹で満たしておかなければ不安で狂いそうなのだ。

空っぽの身体。

翼はさらに深く中空へ身体全体をひねり出す。

意図してではなく、知らぬ間に身体が傾いてゆく。

視野の中、ぐらりと反転する漆黒の地面と群青の空が、何度も空想した夢の光景なのか現実なのか、翼にはよく解らない。

世界が限界まで傾き、ふわりと何か透明な手に抱きとめられたように感じる。

翼を受け止めるその透明な手は大きく柔らかく、巨大な安心感を翼に与える。

彼女の視線の先、群青の空は翼の夢のようにどこまでものびやかにひろがり、昇り始めた太陽が暗かった地上に光をそそぎはじめる。

都会の朝の一瞬の閃光。

それを翼の逆さまの目が視た。


世界からすべり落ちるのは痛く悲しく、そして容易い。

大きく透明な手の方へ手の方へと身を乗り出して行った翼を、ビルの最上階から垂直に落下して行った影が何だったのかを、知る人は誰ひとりいない。

一通の激しい恋文のように彼女の身体は窓を越え宙を舞った。

終わりによって復活しようとするように。

求めながら終わらせ、獲得しようとしてすべり落ちて行く。

彼女の中に最後まで渦巻いている世界への希望こそが、彼女を空へ駆り立てた。

季節外れの蝶が一頭、ひらりと幻のように落下する翼の脇を舞い、その羽先がせめて僅かに彼女の長い髪に触れたと、書こう。

明け方の青に染まりながら、恋文は孤り、地上に舞い落ちた。

壊れた人形のように細い四肢を大きく踊らせ、大きくバウンドし、静かになった。

そのとき、彼女の内も外も、無尽蔵の大樹でいっぱいだ。

やがて高く陽が昇り、その日、記録によれば大阪の空は、地上の痛みとは無縁によく晴れ渡った。

部屋の窓からは今、彼らが共に十三年間見つめ続けて来た大阪の空が茫漠とひろがるばかりだ。

9章……絆

速い馬には一様に澄んだ気品がある。木場はそう感じる。それは彼らの命が、より速いレースのためだけに作られた人工物であるからかもしれない。

春、府中競馬場二〇万人の地鳴りのような歓声の中、一頭の牡馬が、GI、日本ダービー、芝二四〇〇メートルを驚くべきハイペースで逃げ切った。誰もが逃げ切れるとは思わなかった最後の直線でさらに後続を引き離し、残した記録はダービー・レコードであった。

向こう正面、力を使い果たし疲れ切った馬を騎手がいたわるようにゆるく流しながら戻って来る。

「もう走らなくていい、よく頑張った、もう走るな」

馬主席から見ていた木場が胸の奥でつぶやいた。

観客が焦れ、最初は小さく、徐々に巨大なコールが巻き起こる。やがて二〇万人が声をあわせて騎手の名を呼びはじめた。馬の脚に負担をかけぬよう、ペースをあげることなく観客の前にたどりついた騎手が歓声に応えて大きく手を振る。その、競馬場全体を揺るがすコールは、観客それぞれが手にしているはずの馬券の当否とはまったく別の次元で沸き起こったのである。それは勝利に恵まれず、ファンからも競馬界からも見放され、まさに引退の危機にあったベテラン騎手が、決して一流の血統とは言い難いその日三番人気の馬と一体となり、誰もが予想だにしない記録的なスピードで逃げ切った事への驚きと共感から自然発生したものであった。

いつまでもいつまでもやまない巨大な祝福のコールは、ひとつの事件として記憶され、伝説となった。観客総数二〇万人という数字もまた、その年限りの伝説的な数字となった。以後、安全のため、入場制限がかけられたからである。

〈ダービー馬のオーナーになる事は一国の宰相になるよりも難しい〉という。競馬好きの間ではよく知られた言葉である。

その年、馬主歴わずか三年目にして華々しくダービー馬のオーナーとなった木場は、八年後、友人二人を道連れに、命を絶った。


一九九八年二月二五日午後四時、東京郊外のラブホテルに、男三人が揃って飛び込んだ。降り出した氷雨から逃げるように。

一人の男が大きな紙袋を下げている。

「休憩で、三部屋」

紙袋を下げた男が肩の雨を払いながら言う。

「前金でお願いしています」

フロントの男が静かに応える。

紙袋を下げた男が軽く頷き、全額を支払うと三本の鍵を受け取った。

三人揃って上の階へのエレベーターを待つ間、どの顔もしんと無表情である。

無言のまま三階に着くと、それぞれが一旦自分の部屋へ入り、しばらくして三部屋の中央、五十嵐の部屋に集まった。

木場が下げてきた紙袋の中にはビール数本とウイスキーが一瓶、そして白いロープとナイフが入っている。

「何やら怪しいな」

大柄の五十嵐がふと呟く。

「何が」

「雪だ」

「雪か？」

「霰だな」

「明日は積もるだろう」

三人の覚悟はすでに決まっている。明日は無い。

「お前は昔から雨男だった」

木場が上条に言う。

「違うさ、お前がだ」

上条が五十嵐を太い指でゆるく指差す。

「俺が？」

「ゴルフ。お前が言い出した時はいつも雨だった」

「そうだったかな」

三人はそれぞれ、自動車部品製造、自動車用品卸、自動車用品小売の事業主としての取り引きを通じ、二〇年来の友情を育んで来た仲間である。

バブル絶頂期、暫くは時流に乗りそれぞれに幸運がついて回った。

時に羽振り良く飲み歩き、三人揃って銀座で羽目をはずした。

木場は自分の馬がレースに勝つと、牧場主からパート従業員、雑務係にまで現金を配る気前の良さがあった。

海外に二億もの馬を買い付けに行き、一時は三〇頭近くを所有した。

ダービーを制覇した馬がレース直後、脚部不安により引退を余儀なくされるという不運はあったが、そののちも木場には年に三頭ほどの馬を買い続ける余裕があった。

買い付けた馬の厩舎代等、維持費に年二〇〇〇万近くを投じる、そんな木場の大胆な行動を友人二人は頼もしく思い、この身近なスターを眩しく見守り続けた。

しかしダービー以後、木場が大金を投じた馬は、ことごとく走らなかったのである。

「なんで走らないんだよ!」

木場が酒を飲み、子どものように暴れると二人が揃ってなだめた。

激情型で手を焼かせるが憎めない、そんな木場の性格が、五十嵐と上条、大の男の心を奇妙な具合に繋ぎ止めた。

しかし馬が走らないだけではなかった。

やがてバブルが崩壊し、木場の店の経営状態が悪化すると、銀行が金を貸さなくなった。

木場が経営に行き詰まると、二人は木場のために手形を融通しはじめた。

それはどこか閉じた運命共同体であった。

追い討ちをかけるように大手自動車メーカーが自動車用品業界に参入してくる。量販で軽々と値下げし、木場の経営する中小規模の小売店はますます苦しくなる。

製造、卸、小売と、共存共栄を図ってきた三社は云わば三位一体であり、身を守るためにいっそう強く寄り添い合った。

固い絆で結ばれたこの小さな共同体は、しかしあまりに儚く無力であった。

「ともかく馬をやめろと言うばかりで話にならないんだ」

互いの手形の融通も限界に来ており、とうに信用を無くした木場は銀行に冷たくあしらわれた。

銀行の貸し渋りはこの時期大手企業にも及んでおり、脆弱な中小企業の倒産が相次いでいたが、会社を整理するのは体力のあるうちにという弁護士の忠告に、強気の木場は耳を貸さずに来たのである。

引退の危機にあったベテラン騎手が一発逆転をやってのけた、あの勝利の一瞬の再現を、胸の何処かで夢見ていたからかもしれない。

返済期限が迫る。

支払えなければ連鎖倒産である。

そして二五日、一億近い不渡りが出た。

前夜、孤立した男三人が一睡もせず語り合い、疲労困憊したまま静かに死の道行きを決意した。

命と引き換えに入るはずのいくばくかの金が、せめてもそれぞれこれまで育ててきた会社の役に立てば良い、と。

ひいてはそれによって、家族が生き延びてくれれば、と。

ぎりぎりまで奔走した、その深い疲れが招いた決断であったかもしれない。

徹夜明け、ホテルに入る直前に、三人で牛丼を食べた。

それが三人の最後の晩餐であった。

合わせると三七億もの負債を抱えた木場は、ホテルの窓から重く暗い空を眺め、すがるように八年前の馬を思い出す。

あの馬は奇妙な前のめりのフォームで走る癖があり、騎手が落馬する事があった。あの、前のめりの癖はなかなか治らなかった。実に変なフォームで淋しそうに走る馬であった。逃げて先頭を突っ走りながら、最後まで失速しなかった。どこか自分に似ていたと木場は思う。しかし自分にはあの勝ち方は出来なかった。自分にできなかったことをあの馬はやってのけた、と。

木場がセミダブルのベッドの端に紙袋を置き、中のロープとナイフをそっとよけると、三本のビールをサイドテーブルに取り出した。

丁寧にプルリングを抜き、二人に手渡す。

三人は立ったまま、無言で缶ビールの縁を合わせた。

皆、疲労で目が赤い。

「遺書は」

木場が上条に言う。

「車の中に置いてきた」

「そうか」

「ミズキちゃんがみつけるな」

「うん」

上条が静かに溜息をついてビールをあおる。

「おれは遺書なんて書いてこなかった」

五十嵐がどこか無表情な声で淡々と言う。

「皆が無事にやっていってくれることを祈るよ」

上条が天井を見上げ、五一年の来し方を思い起こしながらつぶやく。

三人共、なすべきことを全て終え疲れ果てているはずであるのに、酔おうとして酔えない。

「空調の効きが悪いな」

五十嵐が弱々しくつぶやく。

「いや、ちゃんと効いてる」

上条が吹き出し口に手をかざしながら言う。

「寒い」

五十嵐が肩をすくめる。

「風邪か」

言いながら上条がナイフを取り出し、白いロープをすぱりと三本に切り分けた。

「どこへ掛ける?」

五十嵐が言う。

「この間、新田が高輪のホテルでやっただろう」

ビールを脇に置き、ウイスキーをなみなみとグラスに注ぎながら木場が言う。

「うん。あの議員の」

「あれは空調の口に掛けた」

木場が天井を指さす。

二人が無言でその指の先を漠然と見た。

企業からの利益供与を疑われ、新田議員が身の潔白を証明するために命を絶ったのは都内の高級ホテルであった。事件はここ数日さかんにテレビや週刊誌で報道され、彼らの目にも入っていた。

「ちょっと」

と言って立ち上がり、

「試してみる」

上条が切り分けたロープを片手に持ち、サイドテーブルの上から空調吹き出し口に掛けた。手で強く引っ張ってみる。

「それでやれるのか？」

五十嵐が不安げに言う。

「しっかり縛れ」

上条の腰を木場が下で支えた。

「やれる」

上条が覚悟を決めたようにサイドテーブルから降りると、そのまま床に座り込み、再び酒をあおった。

「それぞれの部屋で一斉にやろう」

上条が二人の顔を見ながら言う。

「もし気が変わったらいつでも降りてくれていいんだ」

木場が言い、しかし二人は無言で首を横に振る。

「なにを今さら」

「保険は本当に大丈夫だろうか」

五十嵐が二人を見比べながら問う。

「心配ない」

木場がどこか吐き捨てるように言った。

「どっちにしても焼け石に水だ」

上条がつぶやく。

「まあ仕方がない」

五十嵐が静かに応える。

「仕方なくはないさ」

不意に強まった木場の語気に二人が重く押し黙った。

「仕方なくはない。殺されるようなものじゃないか」

木場の言葉に五十嵐が何か言おうとして声を呑む。

「俺は殺されたと思って死ぬよ。白旗じゃない、抗議の自決だ」

その声が思いがけず喉に詰まって震え、上条と五十嵐がゆるく目を合わせた。木場は酒が回ると攻撃的になり、どこかしら子どもじみるのが常である。ようやく、酒が回った。

「阿呆か。冗談じゃない」

木場が泣くように言い捨てる。

空調の口から垂れ下がったロープが部屋の中央で虚しくゆらゆらと揺れた。

敗けた者は罰せられねばならない。

それは誰も口にしないが、彼らの奥底に確固としてある信念である。

三人は失敗し、世間に見捨てられた。そのことを三人が三人とも内心秘かに信じて疑わない。惨敗し、それを恥だと思い、唯一残された男気で死のうとしているのである。

彼ら三人の健気な共同体を圧し負かした経済という巨大な影、その影に追われ、先回りをして自らを罰しようというのである。そのために彼らは此処に来た。

自らの信念に抵抗する事は至難の業である。

彼らを死へと突き動かすものは彼らに足りない金ではなく、彼らの運命を傍観する世間一般でもある。その世間一般とは、あるいは彼らの中にそそり立つ自らの理想、もしくは自らの影、遥か遠い雲に投影されたブロッケンの妖怪のようなものであったかもしれない。

が、三人の誰も、そうとは意識してはいない。

ただ自分たちに調達できなかった金が大きすぎるがゆえ、三人は義理堅く自らの命で支払おうと決めてここにいるのである。たかがひとつの〈システム〉であるはずの金に、己の柔らかな命を捧げようと、静かに決めて。


酔いの回った木場が突然、二人の前に深々と頭を下げた。

額を床につけたまま泣いている。

暫らく無言の時が過ぎる。

「馬鹿」

上条が木場の肩を押し、顔を上げさせ、浄めるように酒を飲ませる。

木場の口の端から滔々と酒がこぼれ、顎から首へと伝った。

五十嵐がハンカチでそれを拭ってやる。

襟元を濡らした木場の目が酒と涙でいっそう赤い。

「俺は木場に夢を見させてもらったと思ってるんだ。いい時もあったさ」

五十嵐が上条に同意し、木場を慰めるように何度も頷く。

木場はうつむいたまま無言である。

「時間は大丈夫か?」

冷静な上条の声に五十嵐が腕時計を見、フロントに電話をする。

「あと、どのくらい、時間はあるのかな」

五十嵐が受話器にしばらく耳をつけて待った。

「一時間の内に」

受話器を持ったまま、ふたりに目で問う。

「わかった」

上条が頷く。

微かに甘く重い絆で結ばれていた運命共同体の最期の酒宴は終わった。

五十嵐と上条が片手に持った缶ビールの縁を再び軽く合わせ、最後に木場が微かに震える手でウイスキーグラスの縁をそれに添えた。

木場が立ち上がり、二人の顔を無言で見据える。

「じゃ、俺も行く」

上条が立ち上がる。

部屋へ向かう二人の後ろ姿を、五十嵐が呆然と見送る。

「じゃ」

「次の世で」

木場と上条が先刻三本に切り分けたロープを持った手を軽く挙げて振る。

「あの世で会えたらまた派手に酒盛りだ」

上条が二人を励ますように言う。

「うん」

「やり損なうなよ」

「サヨナラニッポンだ」

数日前まで行なわれていた長野オリンピック閉会式でのＩＯＣ会長の言葉である。

「サヨナラニッポン!」

午後六時、三つの部屋の窓は固く閉ざされ、外は見えない。

すでに過去に想いは及ばない。

最後のひと時、三人が三人とも、それぞれのベッドでゆったりと寛ぎ、似たような姿勢で一服の煙草を吸い始める。

互いに知り得ない最後の数分、薄い壁を隔てて三人が奇妙にシンクロする。

しがらみから解き放たれ、ひとりひとりの部屋の中に、只ひとりひとりの身体だけがある。家族も会社も金もはるか後方に飛び退き、規則正しく動き続ける心臓がそれぞれの身体の中で最後のリズムを正確に刻んでいる。そのことの安穏。

煙草をくゆらしながら木場がふと低く口ずさんだのは、人形浄瑠璃、曽根崎心中の中の有名な一節である。

〈七つの時が六つ鳴りて、残る一つが今生の、鐘の響きの聞き納め〉

そんな台詞をどこで覚えたか、リズムに乗りするすると口をついて出る。

〈この世の名残り、夜も名残り。死に、行く身をたとふればあだしが原の道の霜、一足づつに消えて行く夢の夢こそ哀れなれ〉

あだしが原とは無常の原野のことである。彼らにとってこの世は無常の原野であった。

木場が立ち上がり、煙草をもみ消す。

別の部屋のそれぞれの手も煙草をもみ消した。

やがて各々の部屋の空調吹き出し口に、同時進行的にロープがかけられてゆく。

計画は約束通り静かに速やかに遂行された。

上条はサイドテーブルから空調吹き出し口に吊るしたロープめがけ、すっと軽く飛ぶようにして目的を果たした。

木場は、苦し紛れに自分だけが助かることの無いよう、ガムテープで手首をぐるぐる巻きにした上で風呂場の椅子を足台にし、目的を果たした。

五十嵐もやはり風呂場の椅子を足台にし、速やかにこと切れた。

一本のへその緒にも似たロープを切り分けたこの運命共同体の絆は、最期まで切れる事が無かった。

何かざわめきが聞こえるようであるが、それは木場の最期の幻聴である。コールが遠く聞こえる。騎手にいたわられながらあの馬がコーナーを回って戻ってくる。二〇万の観客の歓声がいよいよ大きくなり、やがて馬は炎のように赤いたてがみをなびかせ、猛烈なスピードで木場の心臓の中心をすり抜けた。

［死刑四］

10章　許されざる者

純白のシーツが窓からの弱い光によって仄かな希望のように輝いている。狭い独房の中で窓の光は唯一彼女に残された友である。小刻みに看守に監視され、また自らの犯した罪により彼女の心は一時の平安も得ることが出来ない。彼女は罪の無い人間を二人殺めたのである。彼女の頬を流れ落ちるのはあたたかな涙ではなく何かしら冷たく透明な液体であり、それを拭うのは人を殺めた感触の未だ生々しく残る両手である。その広げた両手の中に次々と透明な液体がこぼれ落ちる。次々にこぼれ落ち手はそれを受け止めながら大きく広げられている。

美しい渓谷のある東北の田舎町に彼女は生まれ育ち、結婚をした。彼女が不可解に思うのは、ごく普通の人間であったはずの自分が何故、今、こんな独房に居るのかということである。彼女の身に科されたのは極刑である。刑の重さは彼女の予想を裏切らなかった。けれども彼女が繰り返し思うのは、何故自分がこのような忌まわしい者になり果ててしまったのかということである。それは自分の身が現実から少し浮いて存在しているような不可解さである。

彼女は人並みに家庭を持ち、静かに穏やかに暮らしていた。ある日、不景気にあおられ夫の父親の会社が倒産した。多額の借金が彼女たちの生活を脅かし始めた。彼女は小さなラーメン店で細々と働くこと以外、知らない女である。彼女も夫も突然背負わされた債務と不運に立ち向かうことができない。怠惰で何も考えなかったというわけではない。負わされたものの大きさに気持ちが先走り、手近なギャンブルにのめりこんだ。ギャンブルで金の埋め合わせが出来るなどとはとうてい思ってはいない。けれど、もしや、万が一と思うことはある。現実から逃げるように賭け続け、遠くうっすらと一攫千金などを夢見ながら、気付くといつのまにか生活費までも使い果たしていた。あわよくばと思いながら、最後の小銭までを賭け続ける自分自身の暴走に自らが振り回され、気が休まる閑が無い。やがて頼りにしていた親戚さえも金を貸さなくなった。捨て鉢な気持ちで消費者金融に頼った。泥に足を取られるように借金が嵩み、ひどく気が滅入るようになった。

親族の墓がある寺の住職に金の相談に行こうと彼女が思い立った時はすでに、助けてくれないならば殺してしまおうと思いつめていた。赤の他人が自分たちのような者にすんなり金を貸してくれるはずはない。けれど助けて欲しかった。微かな光を求めていたはずの彼女が、出がけに勤め先のラーメン店から持ち出した刃物を鞄にそっと忍ばせた。他人を信じることのできない彼女は話して通じなければそれを使おうと思ってしまった。刃物を前もって鞄に忍ばせることを「計画性がある」と言い表されるなど彼女の知ったことではない。話が通じないならば刃物で脅してでも金を手に入れなければもうどうにもならないと無闇に思っていただけである。

寺へ向かう途中、観光客がのどかな、けれどどこか人を馬鹿にしたような笑い声をたてながら渓谷の方へ遠ざかった。彼女はその笑い声にひどくイライラする。彼女はうつむき、自らの中にきつく閉じこもるようにして寺へ急ぐ。ひたすらという言葉の意味を彼女は身をもって理解する。彼女は今ひたすら金が必要なのである。人を脅してまでもひたすらに欲しいのである。彼女は他に方法を知らない。

辿り着くと寺はすでに闇に包まれていた。六月の闇の中に濃い青の紫陽花がこんもりと咲いており、あたりは湿った空気に包まれている。彼女はひとつ大きく息をつくと、寺の脇にある住職の家の奥へ向けて声をかけた。声は闇の奥へ奥へと響いて消え、その声の消えたあたりから大柄で人の良さそうな住職が顔を出した。しばらくじっと見定めるように彼女を眺める。悩みを持つ人間の話を聞くのもまた彼の仕事である。大きな鞄をひとつ大切そうに抱え、闇の中にぼんやり困ったふうに立ちつくす独りの女を彼は哀れに思い、家の中へ優しく招き入れた。来客用の柔らかな座布団に座らせ、親切にあたたかな茶を差し出した。彼女は大きな座卓の上に差し出されたそのあたたかな一服の茶を前に、なかなか肝心の事を言い出せない。目の前に座っている住職の身体は予想外に大柄であり、それはまるで彼女の前に立ちはだかる世間ほど巨大に見える。とても自分などがかなう相手ではない。彼女はそう悟り、刃物をもって脅す事を内心秘かに諦めた。やがて素直に自分の窮状を吐露し始める。もしやこの、世間ほどに大きく頼もしい男にならばわかってもらえるのではないか、あるいは誰か親身になってくれる人間を紹介してくれるのではないかと微かに期待しながら。しかし肝心の金の話になると彼女の感情が昂ぶり喉が詰まり、どこか恨みがましい口調になる。それは、やり場の無い焦りと疲れと憎しみからである。余裕の無い人間の恨みがましい口調は人の同情をひきにくい。住職は彼女の口から出てくるたどたどしい物語をひと通り聞き終えると、まず金については力になれないと告げ、次に彼女の内に巣喰う恨みに感染したかのように彼女の親をけなした。親をけなしたのは彼女への遠回しな慰めのつもりであった。あなたばかりが一身に苦しみを引き受け、一体親はどうしているのかと。それは彼女の親族の墓をまもる寺の住職として当然の懸念であった。しかし彼女は微かな光を求めて来た寺で親をけなされ、ひどく哀しく切ない心持ちになった。彼女は強い恥の感情に襲われ、分厚い座布団の上で小さくうつむいたまま身体を小刻みに震わせ始める。住職は彼女が泣き始めたのかと思う。二人の間にしばらく無言の時が流れた。

その、無言の時の間に彼女の心の箍がゆっくりとはずれた。

彼女の中で徐々に水かさを増しあふれ出した怒りは、自分の無能さへの怒りであり、赤の他人に蔑まれる情けない親への怒りであり、また、彼女を無意識のうちに強く縛る家族への愛と同等の深さの怒りである。自分たちだけが何故こんな目にあうのか。運命がこれほどまで自分の思い通りにならないということが彼女には苛立たしく納得し難い。自分の家族だけが不当に扱われている、そう強く感じる。やはり殺してしまおう。それまでしおらしく正座をしていた彼女が、突如、鞄の中の刃物を取り出し、住職の身体にしなだれかかった。手に強く握った刃物は思いがけないほどの滑らかさで住職の腹を刺しつらぬいた。まったく不意をつかれた住職はあっけなく仰向けに倒れ、みるみる血にまみれた。その瞬間を奥の間で住職の母親が目撃していた。驚き、立ちすくんでいる母親に気付くと彼女は泳ぐような身振りで駆け寄り、逃げようとする彼女の背後からガラスの灰皿で数回強く殴った。頭を殴られ畳に倒れた母親の首と胸を彼女はさらに執拗に刃物で何度も突き刺した。血が周囲に激しく飛び散った。

ひどく静かになった。彼女は放心して周囲を見回す。床一面赤黒い血の海である。二人にすでに息はない。人の命のあまりのあっけなさに身体の力が抜ける。

彼女は血にまみれた手でタンスの中を物色し、ようやく探し当てた一五万円を鞄に乱雑に突っ込んだ。寺をあとにすると闇の中を走りに走り、夜の川に血で汚れた刃物を放り捨てた。しかし彼女は川辺で不意に立ち止まる。素手で触った灰皿が気になったのである。梅雨の夜の中を寺へ再び走ってとってかえし、壮絶な血の海の中から自分の手の触れた灰皿を拾い出した。彼女には他のどんな行ないも思いつかない。暗い血の海の中に転がっているふたつの骸からは徐々に命の気配が消えつつある。血で汚れた灰皿を鞄に入れると、その冷えた気配の無さから逃れるように走って寺を出た。

あれから一年と半年が過ぎた。

彼女の粗雑な犯行はその後、あっけなく明るみに出た。

しばらく全国のニュース番組の種になり、一年後、罪の無い二人の人間の命を身勝手な理由で奪ったとして極刑を言い渡された。

以後、彼女はまるでテレビドラマの中でしか見たことの無い場所で生きている自分をどこか他人のように感じ続けてきた。

彼女の身体の内を巡る血は深いところで堰き止められ、冷たく凍っていた。それは彼女自身にも正体のわからない怒りによる冷血であった。

冬の獄舎は深々と冷えきって静かである。彼女の見知っているドラマの中にこのような底深い静けさは無かった。

一〇月に死刑判決が下されて二カ月、彼女はここにきてようやく犯行当日のことを、実感を伴って思い起こすことができる。何故ならば彼女自身の身に死が差し迫っているからである。死が差し迫ってはじめて、自分の身体に血が通い始めていることに気付く。

血が通い始めるとどこか深いところで傷は痛む。けれど彼女はそれ以上、自分自身を深く顧みる事が恐ろしい。

彼女は二人を殺害した直後、できるならばこのまま口をぬぐって生きてゆこうと思っていた。

判決が下されるまでは、漠然と誰かに許してもらいたいと願ってもいた。それが叶わないとなると沈み込んだ。自分自身の死を思うと恐ろしいのである。

彼女は逮捕直後に弁護士に向かって「自分はどうなってもいいのです」と言ったことをふと思い出す。

けれど彼女は生きたかった。是非とも生きていたかった。二人もの人間を殺したのは生きたかったからである。

そして彼女が今日まで獄舎でおとなしく生きてきたのは、まだ自分は許されるのではないかと胸のどこかで密かな夢を抱いていたからでもある。

いったい誰に許されるというのか？

漠然とした柔らかな誰かに。

どこからか射す弱く柔らかな光に。

自分に似た誰かに。

彼女はいつか自分に似た母のような誰かに許されるのではないかと思っていた。けれどそんな夢のような救いが来るはずもない。狭く静か過ぎる独房に自分の呼吸と鼓動だけが大きく響く。

看守が数十分おきに忍び足でドアの前に立ち、何も言わずにまた立ち去ってゆく。靴音も立てずに立ち去るあの看守は、自分のような忌まわしい者に関わりたくないのだと彼女は思う。

彼女は全てに見放されていると感じて泣く。

簡易ベッドに腰を下ろし、膝の上で手を軽く組み、じっとうつむいていると、いつか法によって鼓動を停められるはずの心臓が、身体の奥で気味悪くうごめいているのを感じる。

控訴はした。しかし望みは薄い。刑の執行は本人に事前に教えられないという。そんな状況をどうやって耐え忍べば良いのか。いつ来るかわからない執行の日を延々と待ちながら過ごすなど、とても恐ろしく耐えられないと苛立ち始める。

こんなみじめな身になる前に、いっそあの美しい渓谷の渦の中に身を投げれば良かったのだと思う。

小さな窓の外、世間はクリスマスを終え、なごやかな年の暮れを迎えようとしている。けれど自分は独り、こんなところにいるではないか。

そう思う彼女の頬を流れ落ちるのは、あたたかな涙ではなく何かしら冷たく透明な液体である。それを拭うのは人を殺めた感触の未だ生々しく残る両の手である。

その大きく広げたふたつの手の中に凍えた透明な液体が次々にこぼれ落ちる。

彼女の手は体内からあふれる冷えた自分の体液を受け止めることはできても、自らの涙を真実、やわらかな魂で受け止める事ができない。彼女はその〈魂の無智〉ゆえに自らを淋しく追いつめ、人を二人殺めたのである。

彼女は頬を濡らしたまま弱い光の漏れている小窓の柵を見上げた。

小さな窓の向こうに灰色の冬の空が見える。外のにぎやかさはいかばかりかと思い、いっそう深い絶望が彼女を襲う。

おそらく死んでからしかあの区切られた空の下へは出て行けないのだと思う。

彼女は形を変えてでもここから逃げ出してしまいたいと思いはじめる。

もしも死から逃れることはできなくとも、刑からは逃げ出せるかもしれない。

逃げてやる。

そう思い決めた瞬間、彼女の中に不思議な生気がよみがえった。

血が一斉に身体を巡り始め、突然、大きな翼を与えられたかのように命が生き生きとした。

たった今、看守が見回りに来たばかりである。

次に看守が彼女の部屋を見回りに来るまで、数十分はある。

それが彼女が息絶え、この世から、否、自分自身からさらに逃亡するために与えられていた時間であった。

看守の足音が徐々に遠ざかるのを聞きながら、彼女はベッドからシーツを静かに抜き出す。

冬の昼の光が窓から射し、シーツがほの白く光る。

拘禁している者を死なせてはならないと拘置所職員は常に神経をとがらせている。それゆえ独房の見回りは数十分置きなのである。

しかしほんの先程まで何事も無い様子で生きていた者が、たった今不意に、逃げるように死んでゆくことを誰も止めようが無い。

彼女は自分の置かれたその小さな部屋から逃れたい一心で窓の格子にシーツを通し、固く縛りつける。

あれほど生きたがった彼女の心臓が、最後の希望を得て、激しく打っている。

小窓から見える空は深いが狭い。

彼女はシーツの輪に素早く首を差し入れた。

やがて、彼女の身体に最期の痙攣がきた。

[高齢者]

11章 ふたり

その日、七十歳の妻が、忘れ物でも思い出したように唐突に夫に言う。

「タクちゃん、そろそろ私たち、天国に行きましょうか」

四歳年上の夫は呆然と妻の顔を見ている。

「私たち、一緒に死んでしまうのがいいと思うの」

妻が澄んだ水のような声でさらさらと断言する。

遠く、オランダで安楽死が合法化されたその年、日本のゆるやかな春の下り坂を、一組の老夫婦が歩いてゆく。

長く寄り添いながら人生をあゆんで来た夫婦である。

夫は数年前に患った脳梗塞の後遺症で右半身をひきずっている。

片手に赤い花柄の杖をついている妻も同じく、軽い脳梗塞の後遺症でわずかに足元がゆらぐ。

桜の季節である。桜並木の花びらが夫婦の上にやわらかく降り懸かる。

ふたり共に丁寧に身なりを整え、支えあい、家から二百メートル程のところにある地域の中核病院へと向かっている。

郊外のこの地域が開発され始めた三十年ほど前、道路沿い五十メートルに渡り植えられた桜の苗木が今や鋪道の半分ほどを占拠し、太い根がところどころアスファルトを持ち上げている。

幹とガードレールのあいだは狭く、一本、一本と、すり抜ける度にふたりは支えあう手を離さなければならない。

妻が不意に笑顔をつくり、会釈をする。

近くに越して来た若い母親が子供の手を引き、ふたりの後ろをゆっくりと歩いていたのである。

道を塞いでいたことに気づいた夫婦は立ち止まり、彼らに道をゆずる。

「すみません」と、若い母親の屈託の無い笑顔が返ってくる。

前途の開けた親子連れは軽やかにふたりの脇を抜けると、桜のふりしきる中をみるみる遠ざかってゆき、角を曲がり見えなくなった。

夫婦の眼差しが漠然と、若い彼らの消えた方角へ注がれる。

ふたりの歩みは遅い。

妻が夫の背中を軽く押す。


やがて病院にたどりつくと、受け付けの脇に据え付けられている血圧計に、ふたり順番に腕を入れてゆく。

計測結果が小さな紙片に印刷され、ジジッという音とともに吐き出されてくる。

夫が妻の手の中の紙片をそっとのぞきこむ。

「少し、高いね」

「歩いて来たからよ」

妻がその小さな紙片を上着のポケットにしまいかけ、ひらりと指から落としてしまう。

妻は杖に体重を預け、身を屈めようとした。

長い杖が邪魔をし、床に落ちた紙片をうまく拾い上げられない。

その様子を、待合室に並んだ患者達の目がぼんやりと眺めている。

夫も、妻がたった一枚の紙片を拾い上げることに難渋している姿をただ、棒立ちに立ちすくんで見ているしかなく、見かねた患者の一人が椅子から立ち上がろうとしたとき、カルテを抱えた看護師があらあらと駆け寄って紙片を拾いあげると、妻の手に持たせて去って行った。

妻が深く長い溜め息をつく。

ようやくふたりは互いの身体に手を添え合いながら、診察室前の長椅子に腰を下ろす。

天窓からの薄く頼りない光がふたりを包む。

夫の髪に桜の花びらがひとひら停まっている、そのことに気づき、しかし妻はもう手を伸ばそうとしない。

互いの肩にそっと寄り添い、他の患者達に大人しく混じって待ちながら、いつの間にうとうとし始めた時、ようやく名を呼ばれた。

ふたりして、ゆっくりと診察室へ入ってゆく。

妻の杖がカタンと診察室の扉にぶつかる。

「体はどうですか」

医師がふたりの顔を見ると、いつも通りの言葉を言う。

「はい。心配ないです。ありがとうございます。」

妻が、ふたり分の紙片を落とさぬ様に用心深く差し出す。

若く細い医師の手がそれを受け取り、確認するとリハビリの許可を出す。

たどりついたリハビリ室は広く、ふたりの目には明るすぎる。

髪を高くポニーテールに束ねた理学療法士が、はつらつとふたりを迎え入れる。

「私ね、こんな歳になるまで自分が生きていると思わなかったの」

あまり進展の明らかでないリハビリを終え、自宅での午後、妻がテーブルのおもてを手で軽く撫でながらつぶやいた。

「タクちゃんと私、危うく死にかけて、でも立派な医療で生き延びたじゃない。だけど何だか私、今、ちっとも生きている気がしないんです」

夫が湯呑みを両手で持ったまま言葉を探している。

もともと後遺症で言葉が上手く出ないのである。

言語療法士の熱心な指導でやや回復したものの、昔のように流暢な会話は出来なくなった。

静かな時間が流れる。

「リハビリを続けていれば、いずれ、少しは、良くなるよ」

妻よりもはるかに不自由な自分の身体を思いながら、夫がようやく言葉をみつけ、発語する。

「いいえ。私、今、心が少しも生きていないから治らないと思う」

言い切った妻の背後から、浅い春の陽が長く淡く床に伸びいてる。

夫婦には息子が一人いる。

優しい息子である。

結婚して近くに住み、時おり二人の様子を見に来る。

その息子夫婦に面倒をかけたくないと、ふたりは秘かに願っている。

「そろそろ潮時という時に自由に消えられたらいいのになぁ。歩きながらボッと消えられたら、ほんとうにうれしい」

妻が頬杖をつき、やや冗談めかして言う。

前年の十一月、介護保険制度が新たに制定され、夫婦の住む地域ではボランティアたちが戸別訪問して制度の説明をしてまわっていた。

要介護認定の漏れが無いようにと彼らが声をかけて回ったのは、六十五歳以上の独居老人、あるいは夫婦どちらかが寝たきりの世帯が中心であったので、ふたりはその対象から漏れていた。

夫婦はまだ寝たきりになっておらず、近くに家族がいたこともあり、戸別訪問の対象にはならなかったのである。

彼らが自ら申請する事もなかった。

「ねぇ、私、もう十分に生きたと思うのよ。いい人生だったなあ。だから
あなたに殺してもらえたら幸せなの」

妻が繰り返し懇願する。

「それじゃぁ僕が殺人者に、なってしまうよ」

夫が静かに答える。

「それでもいい」

妻が真顔で言う。

ある日、夕闇の中、子供を連れた若い母親が、男を見かけた。

男は満開の桜を見上げながら歩いている。

いつも傍らで支えている妻がいない。

若い母親は、きっと一人で歩ける程に良くなったのだと思う。

「こんばんは」と、声をかける。

男は返事をしない。

男は子供連れに視線をうつすことなくただ、青い闇の中の降りしきる桜を眺めている。


その日、「持ち物の整理をしたの」と妻が言った。

「だから、してね」

してね、と妻が重ねて言った。

夫が眉間に皺を寄せ、ようやく頷く。

「あなたは?」

妻が最後の最後に尋ねた。

夫は言葉にせず、黙って頷く。

夫の落ち着いた様子に妻がほっとした顔をした。

「じゃあ、タクちゃん、お願いします」

そう言ってまぶたを閉じた妻の為に、彼はその不自由な腕に渾身の力を込めてしまった。

彼は死ななかった。
麻痺の残る手では紐がうまく結べなかったのである。
階段に紐をかけて試みたが紐がほどけ、ただ暫く気を失っていた。
意識を取り戻すと息子に電話をかけ、事を告げた。
やがてふらふらと家を出た。
長い長い年月、妻と歩いた道が、家の前に続いていた。
うまく紐を結べなかった。
馬鹿な。
男はそうつぶやき、桜の樹の下で小さく身体を丸めると、静かに泣きはじめた。
静かに泣き続け、いつまでも泣いた。

［育児］

12章　飲めない林檎

テレビからかん高い声が眞子の耳に響いてくる。

若い女子アナウンサーの声は硬く、耳に突き刺さり、眞子はふっと憂鬱になる。

もっと柔らかく穏やかに女性らしく発声すべきだ。

心の中でそうつぶやきながらリモコンに手を伸ばし、声だけを消すと、五ヶ月になる大悟の顔を覗き込む。

大丈夫、静かに寝ている。

小さなベビー布団をそっと押さえ、ベッドの脇を静かに離れる。

そして鏡の前に座った。


眞子は会社を辞めて以来、滅多に鏡を見なくなった。

長く続けた仕事に見切りをつけ、家庭に入って子供を産み、今、ようやくこれまでの自分を省みる時間ができたところである。

夫は優しく、十分な収入もある。

他人から見れば優雅な生活である。

三人で外出をすると不思議なことに、必ず幾人もの年配の女性に、にこやかに話しかけられる。

彼女たちはまるでスイーツに引き寄せられる少女のように大悟に引き寄せられてくるのだ。

どこか懐かしそうな表情でベビーカーの中の大悟をあやし、そして眞子の顔をしばらく見つめると、あらと首をかしげる。

「どこかでお会いしたわよね？」

大きく見開いた目でまじまじと眞子の顔を眺めて考え込み、そして大抵はごめんなさい人違いねと、朗らかに根をあげる。

時折、「ママ、お綺麗ね」と付け足されて苦笑いもし、眞子はその中途半端な賛辞に丁寧に「ありがとうございます」と答える。

結婚前、眞子はテレビ局のアナウンサーをしていた。

番組の片隅での仕事ではあったが出演した番組の視聴率はどれもさほど悪くはなかった。

けれども子供を抱いて街を歩いていると誰も眞子と気づかない。

たまに顔を見つめられ、名前の思い出せない古い友人に出会ったように考え込まれる事があるくらいだ。

眞子は仄かに切なくなる。

眞子は仕事で気を張っていた頃、プライベートな出来事を仕事場の友人に打ち明けるという習慣が無かった。

仕事を持つ女性ならばそんなことは当然のことと考える眞子であるが、

実は私生活というものがよくわからなかった。

それほどこれまで、仕事以外のことを身に引き寄せて考えたことが無かった。

ごく普通の女性としての仕事ならば、過去、すべての子宮を持った者たちがこなしてきたことである。

家庭に入るということを心に決めたとき、過去の女性たちがこなしてきた仕事を自分がこなせないわけがないという想いがあった。

そして悪い事に、自分が今、誰にでも出来る事に時間を割いていることを、時折、微かに残念に思うのだ。

あの仕事場で、もっと自分に出来ることがあったのではないかと、日々、うっすらと悔いているのである。

聡明な眞子は、その焦りの原因を自分なりに自覚していると自負している。

悔いるのは負けてしまったからだ。

何に？

自分よりも才能のある同僚に、自分よりも機転の利く後輩に、あるいは上司の期待に。

それもこれも大悟が生まれたことですっかり諦めがついたと思っていた。けれどすこし違った。

きっぱりとやめてきたはずの仕事に漠然と後ろ髪をひかれ、中途半端な想いで生活している。

それゆえ今、鏡の中の自分の顔をひどく頼りなく感じてしまうのだ。

不満が頭をもたげ始めたのと同じ頃に、体調が崩れ始めた。

「睡眠不足が続いているせいだよ」と、夫は言う。

「妊娠中はホルモンバランスも崩れるそうだし、何より大悟が生まれてからは夜中に何度も起こされているじゃない、よくがんばっているよ」と慰めてくれる。

眞子はそうかなと笑う。

けれど夫にも素直に言えない事がある。

それは、自分がごく自然ななりゆきで家庭に入ったように振舞っているということ。

そしてその実、仕事の上での負けを、心のどこかでひそかに認めている事だ。

一線で仕事をしながらやがて退いてゆく女性たちはみな、そうなのだろうか。

記憶に残る仕事をした先達のことを思うと、眞子の中にいっそう苛々がつのる。


眞子は急に空腹を感じ、冷蔵庫を開き、柔らかな桃を手にとった。

それを細い銀の果物ナイフで剥き始める。

柔らかな桃のしずくが左手の甲を這い、侘しい。

有り余る時間の中でゆっくりと時間をかけ、丁寧に皮を剥き終わった桃を、立ったままむさぼる。

最後に種がひとつ手の中に残り、それをしばらくみつめるとシンクに捨てる。

コトンと小さな音が部屋に響き、ふたたび部屋は無音になる。

口をぬぐい、手を洗う。

ふと対面式キッチンから目を上げると、都会のブルーグレイの空は一面のガラスの向こうにひろがっている。

岩のように連なるビル郡を一望できる高層マンション。

眞子は空中に浮かぶ部屋の中央のテーブルに軽く手をつき、愛用のＰＣを立ち上げると、友人たちのブログを一通り眺めて歩く。

仕事のこと、食事のこと、愚痴や悩みや恋人のことがとりとめもなく書いてある。

みな、地上でそれぞれに忙しそうだ。

溜息をつき、すぐに閉じる。


眞子は今、これまでになくひとりだと感じる。

マタニティーブルーという言葉はこれまでにさまざまな雑誌で目にした。

けれど同じ経験をしているはずの他の女性たちは皆、案外、気楽に生きているように見える。

眞子の心は眞子を責め、さいなみながら、眞子の身体の中で小さく丸まっている。

思えば眞子はこれまで、常に周囲との競争を強いられる世界で生き延びてきた。

みんな一緒に、けれど、隙あらば一歩前へ。

そんな学生生活は、優等生の眞子にとってゲームのようで楽しくスリリングだった。

学校生活が楽しくなかったと言う人たちは、結局のところ成績とそれに伴う進路に不満があったからではないかと眞子は思っている。

眞子は勉強ならば苦もなくこなせた。

厳しかった校則にしても、内心馬鹿にしながら守っていられた。

そういえば子供の頃、ドッヂボールでいつも最後までコートに居残るのが眞子であった。

ボールをかわし、最後の一人として結局はチームの勝ちをとるのが得意なのだった。

常にクラス全体をリードする存在であり、しかもクラスメイトに疎まれるということが無かった。

あの頃は楽しかったなと、思い出すと自然に笑みが浮かぶ。

担任からも頼りにされ、今もあの頃出会った教師たちと交流がある。

大学を卒業し、憧れの職場での華やかな仕事も順調であった。

順調なまま結婚し、妊娠した。

当時のクラスメイトと比較しても、女性としてごく当然の道のりであった。

そうして生活が変わった。


大悟は深く眠り続けている。

妊娠当初はみなに祝福され大切に思ってきた命が、具体的な形を持って生まれてくると眞子の内に恐れを呼び起こした。

その恐れは、母親が抱いている子供への責任感と比例するのだから気にすることはないと誰かが言っていた。

そうだろうか。

授乳時も、漠然と薄い膜を一枚隔てて抱いているように感じる。

不器用な母親に抱かれて可愛そうな大悟、と、眞子は思う。

私は母親になるべきではなかったかもしれない。

ゆらゆらと気持ちが揺らぎ、夕暮れが迫ると早々にカーテンを引く。

朝、カーテンを開き、夕方、カーテンを閉じる単調な日々の繰り返しがこれほど残酷なものだとは思いもしなかった。

過去の女たちはどうだったのだろうか、おそらくは日常の雑事に追われ、みずからを省みる暇も無かったのだろう。

眞子はひとり、綺麗に整頓された電化製品に囲まれながら、テーブルに頬杖をつく。

私は何故ここにいて何をしているのか。

私はこのままひとりの男児の母親として、淡々と日々を繰り返しながら命を終えてしまうらしい、と。

それで生きたといえるのだろうか、と。


そんなことを考えるのは傲慢だからだろうか。

あるいは単に女だからか。

眞子はこれまで、子供を生み育てるという、女性としての生活の本当のところを考えたことが無かったことを反省する。

迂闊だった。

大悟が成長すればまた生活も変わるだろう、せめてそう思ってやりすごす。

夕方、夫が仕事から戻るとほっとする。

一日のことを話す夫の言葉を聞きながら、眞子はようやく人間に戻ってゆく。

夫と五ヶ月の息子は笑うとよく似ている。

ふたりのその顔つきを可愛いと思うぶん、自分の内に渦巻く不満が申し訳ない。

昔の同僚から時折かかってくる電話はかすかな救いだ。

長話の最中に取り交わされる「いつかランチでもしようよ」という約束は、ここ数ヶ月、一度も果たされたことが無いのだが。

小さな子供連れで出かけるのは何かと不便であるし、忙しい相手にも申し訳ないと感じるので約束を果たせないのだ。


ある朝、身支度を整え、夫を見送り、大悟の世話をし、眞子は故郷の母親に電話をした。

それはちょっとした思い付きだった。

思い立つと手が勝手に受話器をとっている。

「母さん、ちょっとそっちへ行ってもいいかな」

眞子の故郷は東北の小さな都市である。

「どうしたの急に」

「一晩泊めてほしいんだ。大悟も一緒に。」

「夫婦げんかでもしたの？」

「ちがうちがう、ちょっと帰りたくなっただけ」

母の心配そうな声に後ろめたさを感じる。

「いいよ、いつでも帰っておいで」

眞子はほとんど衝動的に小さな荷物をまとめ、思い立ったその日に東京を後にした。

夫宛てに一通、メールを入れる。

眞子の気まぐれな旅行なら、大悟が生まれる以前に何度もあった。

新幹線でなら二時間ほどで帰って来られる距離だ、気晴らしに帰るくらいどうってことはない。

途中、東京駅で大悟が泣いた。

眞子は大声で泣かれる事にいつまでも慣れない。

周囲に申し訳なく、子供のように一緒に泣き出したくなる。

大悟を必死であやしながらようやく乗り込んだ新幹線の窓から見る風景

は、いつだっか遠い昔、大学に受かり、意気揚々と上京した日に見た風景と変わらない。

以後、何度か実家と東京を行き来したが、特に感慨は無かった。

けれど今、眞子の中には確実に変化が起こっている。

何かが漠然と壊れてしまった。

忠実に学び、会得してきたはずのものが、この人生に役立たない。

そして、今、ひどく揺らいでいる。

子供をひとり産んだくらいで自分の人生が揺らぐとは。

この不安定感は、まず、男である夫にはわからないだろう。

駅に着くと母親が心配そうに待っていた。

母親の静かな運転でマンションにたどり着き、大悟をソファーに寝かせた。

「疲れた」という言葉がほろりと口から洩れ、眞子も崩れるように横になる。

その様子を見た母親が、眞子の為に黙々と料理の腕をふるいはじめた。

これまで顧みることのあまり無かった自分の母親の、母としての有能さを感じる。

けれど母親のこの力強い甲斐甲斐しさを見ながら、家庭に入って満足している女の在り方というものを、眞子は心底、理解できない。

そのことに改めて気づき、自分の気づきにうんざりとする。

「私は料理も好きじゃなかったのに、何故結婚なんかしちゃったんだろうな」

母親の後姿にふっとそんなことを言う。

「あら、結婚って、料理をつくることだったっけ?」

そう言い、顔だけ振り向いた母親がクスクス笑う。


母親の住むマンションの近く、市の中心に大きな美しい河がある。

眞子はしばらく大悟を母にまかせ、子供時代に歩いた河沿いを散策する。

川風が澄み渡って気持ちよい。

さあ、これからの人生を考え直さなくては。

そう思ったときにポケットの中の携帯が鳴った。

着信音から夫からであるとわかった。

いつもならすぐに出るのだが、今はしばらくそのまま鳴らしておく。

橋の上を吹き抜ける故郷の風は眞子の身体の隅々の細胞の記憶を呼び覚ますようである。

やわらかな風に甘えるように歩いていると、自らの奥に溜まりにたまった澱が、清潔な川風にかき混ぜられ舞い上がってくるようだ。

深呼吸をした眞子の中に清潔な大気が満ち、相反して吐き気を覚える。

やはり、体調が悪いのだろうか。

鳴り続け、寂しげに切れた携帯を開き、着信番号にリダイアルする。

夫の声が慌てている。

心配そうな夫を説き伏せる。

「ごめん、明日には帰る。心配しないで待ってて。」

そう言いながら漠然ともう会えないような、愛おしい気持ちになる。

ベランダには初夏の涼やかな夜風が吹いている。

眞子は母の作ったたっぷりの夕食を済ませ、夕暮れの手すりにもたれ街を見下ろしている。

見慣れた街の光景である。

片手に冷えた缶ビールを持ち、頬に当てる。

「お母さん」

そう言って後ろを振り向くと、母はいつのまにか大悟に添い寝して寝入っている。

大悟はすっかり安心し、手足を大の字に開いて幸せそうだ。

部屋の奥から蚊取り線香のかすかな匂いが流れてくる。

「お母さん、私、まだお腹がすいてるみたいなの」

眞子は小さな声でつぶやいてみる。

眠っている母に声は届かない。

遠い西の空が徐々に紺色に変わりはじめる。

眞子は片手にビールを持ったまま、ベランダの手すりに頬杖をつく。

「お母さんていいわねぇ」

声は届かない。


さあ、夫のためにも明日は帰ろう。

いつまでもぐずぐずしているわけにいかないではないか。

そう思ったそのとき、眞子の全身が陣痛のように痛みはじめた。

やがて身体がひとりでに手すりをゆるりと乗り越えはじめる。

それは眞子の意思に完全に反している。

身体が眞子自身から逃れようとするのだ。

まるで林檎を丸飲みせよと命ぜられたように。

眞子はその力に抗えない。

嘘、と呟いた瞬間、手に持っていたビールがふわりとすべり落ち、宙に金色の液体が舞うのが視野に入った。

世界全体が猛スピードで上昇しはじめ、眞子は世界の底へ底へと産み落とされてゆく。

夫と大悟に会いたいと思う。
自分も良き母親として生きるのだ。
あの日常をはじめなくては。

［育児］

12章……………飲めない林檎

山口舞子さんのこまやかな心づかいに大変助けられました。

表紙の写真は私の希望で野坂実生さんに、そして、本の装丁は義江邦夫氏にお願いしました。


原稿を8章ほど書き進めた頃、原発事故が起きました。

私は、この事故をきっかけに、彼らの死がよりいっそうコントラストを増して見えたように思いました。

毎年3万人もの人々が、声もなく、まるで見えない透明な大災害に呑まれるように消えて行った。ああ、あれは見えない人災だったのだ、と。

何が彼らを死の海へとひき込んだのか。

漠然と何処かにあるらしいと知りながら、不平等に無自覚なままでいる人々の罪深さが。勝ち組負け組と分けて遊びたがる人間の幼稚さと見栄が。普段の生活の中で知らぬ間に、自分にさえ押し付けている優劣の感覚が。これはいったい何の病でしょうか。

「経済成長」という呪文を日々聞かされながら、ごく普通に生きてきたつもりが、いかに知らぬ間に見えない透明な戦争に加担してきたか。そんな禍々しい世界に疑問を持つ者や、その場の空気にやすやすと同調しない者に、いかに遠回しに自死を押し付けてきたか。

痛手を負った人の、戦うための叫び声の前を、いかにつまらない大人のふりをして通り過ぎてきたか。これはみな、私自身への問いかけでもあります。


プライバシーに配慮し、それぞれの方にふさわしいと思える名前を創作しました。実際に亡くなった場所、時間なども少し変えてあります。彼らがあの時代の渦の中、どのようにこの世界を捨てていったのか。私の充分にはゆき届かない筆で書き綴った短編集ですが、どうぞ彼らの死を覚えていて下さい。

この本の印税の一部を自死遺族の会（あしなが育英会）に寄付します。

2011年9月　　　　　　　　　　　　　　　　　早坂　類

［あとがき］

死は隠される。自死であればなおさらに。

この短編集は実際に報道された新聞記事を元に、彼らが死の前に何を見、何を想い、どのように死んで行ったのか、私の想像を織り交ぜながら書いたものです。ある章は亡くなった現場へ足を運び、現実の街の音を聞き、最後にその目に何が見えたかを実際に確かめ、ある章は内心のつぶやきだけに想いを馳せながら。

「自殺12章」というタイトルは、私の処女小説『ルピナス』（講談社）を世に送り出してくれた編集者兼デザイナー、義江邦夫氏からの年賀状の隅に、小さな提案として書かれていました。

そのタイトルが長く私の中にあり、しかしあまりに重いテーマゆえ実際に向かい合う勇気を持てないままに数年。

その間に毎年3万人もの人々が、自ら命を断ち続けました。

わたしの古い知人も鉄道自殺をはかり亡くなりました。

都心へと向かう通勤電車の中で人身事故と聞けば、皆、鬱陶しそうに眉をしかめるのは日常茶飯事。人々の中で「自死」はどこか漠然と一括りにされ、遠ざけられ、「またか」と電車が遅れることを迷惑がった後は目的地へと急ぎます。死んだ者にはそれぞれに全く違う事情があり、日々、それぞれたったひとつの命を終えてゆくというのに。

しかし出社を急ぐ人々もまた然り。それぞれに全く違う事情があり、それぞれの命をようやく抱えている。生きている者は今この世界を生きる為に急ぐしかないのだから。

やはり〈あれ〉を書こうと思い直したのがタイトル案をもらって七年目でした。

窓社の西山俊一氏との出会いと後押しにより、「週刊金曜日」への連載が決まり、単行本として出版することになりました。「週刊金曜日」連載中は、

＊この作品は、わが国で自殺者が三万人を超えた一九九八年から二〇〇九年の間に報道された出来事を題材にフィクション化したものです。

＊第1章、第5章、第6章、第7章、第9章、第10章は、『週刊金曜日』828号（二〇一〇年一二月七日号）〜833号（二〇一一年二月四日号）に掲載されました。他の章は書き下ろしです。

早坂 類　*Hayasaka Rui*

山口県下関生まれ。1990年度ユリイカの新人、第31回短歌研究新人賞次席。主な著書に歌集『風の吹く日にベランダにいる』(河出書房新社)、小説『ルピナス』(講談社)、短歌集『黄金の虎/ゴールデンタイガー』(発行元・まとりっくす　発売元・窓社)、細江英公写真絵本『花泥棒』(冬青社)への詩提供など。

自殺12章

初版 第1刷印刷　2011年10月25日
初版 第1刷発行　2011年11月10日

著　者　早坂 類
発行人　西山俊一
発行所　株式会社 窓社
　　　　〒169-0073 東京都新宿区百人町4-7-2
　　　　Tel:03-3362-8641 Fax:03-3362-8642
　　　　http://www.mado.co.jp/

印刷所　株式会社 シナノ

ISBN978-4-89625-109-8